# "文学宁夏"丛书编委会名单

主　　任：崔晓华
副主任：庾　君　　雷　忠　　郭文斌
编　　委：漠　月　　李进祥　　闫宏伟
统　　筹：吴　岩

# 嘉依娜

了一容 著

作家出版社

了一容，生于西海固，原籍甘肃临夏，国家一级作家，中国作家协会会员，第十二届全国青联委员。曾在天山草原牧马、巴颜喀拉山淘金，足迹遍及祖国西部。鲁迅文学院第三届中青年高级作家班学员。九十年代初始发作品，迄今已在全国各文学期刊发表作品四百多万言，小说多次被《小说选刊》《小说精选》《北京文学·中篇小说月报》《中华文学选刊》等转载，并入选年度最佳小说和各类文学书籍，部分作品被译介到国外。多次获得宁夏回族自治区文艺奖，获中国当代少数民族文学研究创作新秀奖，十年《飞天》文学奖，十五省市自治区图书奖，获中国第三届春天文学奖。《挂在月光中的铜汤瓶》入选二十一世纪文学之星丛书，并荣获全国少数民族文学创作"骏马奖"，同年荣获"镇北堡西部影城文学艺术奖"，曾获得宁夏"德艺双馨"文艺工作者称号。长篇小说《黑河》是一部歌颂底层人民的作品。《挂在月光中的铜汤瓶》一书被译为多种语言，小说集《红山羊》英文版在美国出版，颇受国外读者喜欢。

曾受国际写作计划的邀请出访美国，并在芝加哥大学、爱荷华大学，美国国务院等地发表了关于"文学的悲悯情怀"的演说。

# 文学是这块土地上最好的庄稼

崔晓华

塞上金秋，天高云淡，风清月明，"稻花香里说丰年，听取蛙声一片"。在这诗情画意的美好季节，我们满怀喜悦的心情，迎来宁夏回族自治区成立六十周年。

宁夏地处祖国西部，是中华远古文明发祥地之一、丝绸之路重要节点，优秀传统文化遗存丰厚，自然历史内蕴丰富多样，历朝历代文人墨客留下数以千计的诗词文赋，譬如人们耳熟能详的"大漠孤烟直，长河落日圆""蝉鸣空桑林，八月萧关道"等，表达了诗人或豪迈或忧伤的爱国情怀；宁夏是革命老区，1936 年，红军长征途经这里，留下灿烂的革命文化，毛泽东书写了脍炙人口的光辉诗篇《清平乐·六盘山》。古往今来，文学的特质、精神的象征、家园的意识，深刻地嵌入其中，并且流传至今，仍在流传。"长风破浪会有时，直挂云帆济沧海。"岁月蹉跎，沧桑巨变，伴着九曲黄河悠远的涛声，我们回顾自治区走过的历程，一幅幅画面徐徐展开：艰辛、曲折、繁荣、辉煌。"思理为妙，神与物游"。宁夏大地半个多世纪所发生的翻天覆地的变化，回汉各族人民日新月异的生活，以及改革开放四十年，特别是党的十八大以来取得的新成就，让我们感慨、激动、振奋。对于宁夏文学，对于宁夏作家，这既是记忆，也是现实，更是根植人民、观照时代、承接历史、面向未来，而"出人才出作品"是最丰盛最具正能量的"活性因素"。

文艺的春天阳光普照。二十世纪八十年代之初，宁夏文学事业步入繁荣发展的快车道，宁夏文坛开始呈现人才辈出的可喜局面，其显著标志便是——"宁夏出了个张贤亮"（著名评论家阎纲语），脱毛之隼搏击长空，成为享誉中国和世界文坛的著名作家。与此同时，以张贤亮为代表的一代作家，用自己的成就和影响有力地带动和促进了宁夏的文学创作，以及宁夏作家群的形成，这是一支颇为壮观的、以青年作家为主力军的队伍，并且呈现出良好的势头；他们的作品给文学界增添了异彩，给广大读者留下了深刻印象；他们突破地域的局限，向全国文坛迈进，终于实现了宁夏当代文学的跨越式发展。

2016年5月，中国作协主席铁凝以《文学照亮生活》为题，将公益大讲堂的首课放在宁夏西吉县。原因是宁夏西吉县是中华文学基金会命名的全国首个"文学之乡"。宁夏的作家，有相当部分出自西吉，形成密集之势。西吉的作家们有这样一句话：文学就是西吉这块土地上生长得最好的庄稼。铁凝主席掷地有声地补充了一句：文学不仅是西吉这块土地上生长得最好的庄稼，西吉也应该是中国文学最宝贵的一个粮仓！表明了中国作协对宁夏文学的高度关注和重视。

生活滋养文学，文学照亮生活。

关于宁夏作家的成长，很有必要进行一次简要的回顾。宁夏作家大多数来自基层，出生于二十世纪六十至八十年代。众所周知，那时的农村和乡镇偏远落后、艰苦寂寞，长期生活在这样的环境中，经历的困苦和磨难充满了他们的记忆，在这样的记忆里，似乎是苦难多于欢乐，乃至重叠着父辈们流浪、迁徙的背影和脚印。但是，他们也有独特的优势，脚下是历史文化积淀深厚的塞北大地，这样的地气会潜移默化地影响他们的性格和气质，后来伴随着解放思想、改革开放的步伐，他们又接受了良好的文化教育，强烈地产生了精神生活的基本需要和诉求，而这种需要和诉求必须通过心灵劳作得以实现，他们因此怀有宗教般神圣和虔诚的文学梦想。于是，从二十世纪九十年代开始，宁夏青年作家经过多年的艰苦跋涉和磨砺，终于营造出一道亮丽的文学景观——以其朴实的生活经验和历史记忆、独特的生命感悟和言说方式，发出本真的、诗性的、充满灵智的声音，显露出文学突围的意义和价值。改革开放以来，宁夏的中青年作家，一方面由于长期浸淫于西部的人文气候和特殊的历史文化环境，另一方面本着对传统文学资源的信仰和坚守，使得他们的作品在书写和表达上，继续保持着古典文学特有的诗意，以及民族语言特殊的美质。尤其重要的是，在全球化语境下，宁夏作家不跟风、不时尚、不焦躁，内心安静，他们通过带有浓厚的地域性、本土化的写作，以及对西部整体的文化关怀和持续不断的挖掘，呈现出来的是西部大地上的传统与现代、历史与现实、敏感与顽固、苦难与信念、理想与追求，是西部人的宽厚、隐忍、执著、抗争、牺牲，等等。同时，他们的作品由于客观、真实的叙写，因此又有着社会学、历史学、民俗学的意义和价值。正是他们对传统文学资源的坚守和继承，从而取得了令人瞩目的文学成就。宁夏作家群的形成和崛起，以及他们的人文立场、精神向度、情感因素和创作风格，不仅预示着西部文学的广阔前景，也不断丰富着当代中国文学的意义系统。

概括地讲，这六十年是宁夏经济社会发展取得辉煌成就的六十年，也是宁夏文学不断繁荣兴盛的六十年。作家队伍生机勃勃，新人不断涌现；文学创作空前活跃，高潮迭现；文学作品硕果累累，产生了一大批记载历史、见证变迁、叙写西部、反映时代、宣传宁夏的独具特色的优秀作品。

庆祝宁夏回族自治区成立六十周年之际，我们编辑了这套二十卷本的"文学宁夏"丛书。这套丛书的出版，是宁夏文学事业的一件大事。宁夏文联高度重视，几经酝酿，广泛征求意见，本着好中选优的原则，给予确定。入选该丛书的作家系"60后""70后"和"80后"，既有作家、诗人，也有评论家，他们创作的优秀作品情厚境美、韵味深长，具有浓郁的生活气息、地域特色和时代特征，有的荣获鲁迅文学奖、少数民族文学创作"骏马奖"、庄重文文学奖、茅盾文学新人奖、《人民文学》奖、《诗刊》奖、《小说选刊》奖、《十月》文学奖等重要奖项，有的多次荣登中国小说学会年度排行榜；有九名作家作品集入选中国作协"21世纪文学之星丛书"；大量优秀作品被国内有影响力的期刊和选本发表、转载和选入，还有相当部分作品被翻译成多种文字推介到国外。这套丛书的出版，是宁夏中青年作家的又一次集体亮相，也是对宁夏文学成就的进一步展示，旨在精要地反映宁夏文学的优秀成果，以便读者能够比较全面地了解宁夏文学创作的基本面貌，为研究者提供较好的选本。这套丛书的出版，也是给宁夏回族自治区成立六十周年的献礼。总之，这套丛书的出版，意义重大。

"好雨知时节，当春乃发生。"宁夏地处西部，西部是中国文学的广阔沃壤。人民是大树，作家是小鸟，小鸟只有栖息在大树上，才能够自由地歌唱。在此，真诚地祝愿宁夏作家们以社会主义核心价值观为统领，秉持以人民为中心的创作导向，绽放更加绚烂的文学之花；真诚地祝愿宁夏文学沐浴着古老黄河的神韵，乘着新时代的强劲东风，向着中国文学乃至世界文学的浩瀚大洋奔流而去……

（作者系宁夏文联党组书记、副主席）

# 目录 CONTENTS

白毛风 / 001

大姐 / 020

颠山 / 039

法图梅 / 055

饥饿精神症 / 074

嘉依娜 / 085

科长的一天 / 104

妈妈 / 117

民兵连长的鹞子 / 125

日头下的女孩 / 137

肆无忌惮的上司 / 149

一朵花儿 / 160

网 / 178

挂在月光中的铜汤瓶 / 195

# 白毛风

一望无垠的雪野上，点染着两个小小的红点。

远远望上去，那两个红点，就像是完全静止的，但细细地辨认和察看，却发现它们是在十分缓慢地向前蠕动着。

哦，这是两个在风雪中迷路的姑娘！

早晨一麻亮，我和宝香表姐就起来了。两人各自细细详详洗漱打扮了一番，又反复照了照镜子，方才满意地对视了一眼，笑了。

宝香是前一天来我家的，与我相约去一个同学家，因同学的哥哥结婚，叫我们两个去他们家玩。

宝香姐穿的一件红棉袄，在她身上显得极其合身，就像她的名字安在她这样美丽的姑娘身上一样令人悦目和颇为熨帖。我总是在心里暗暗地想，表姐的妈妈真是太会给娃娃起名字了，宝香这个名字几乎能赶上《红楼梦》中金陵十二钗的名号了。要说真正比较起来，尚有过之而无不及呢。

我的名字叫毛丫，虽然听上去不及旁人的好，然妈妈最喜欢这样喊我。今天，我自己穿了一件紫檀色棉袄，显得有些宽大，倒像是件棉袍子裹在我瘦小的身子上。表姐的红棉袄和我的紫檀色棉袄分别是她妈跟我妈刚刚缝制的，棉袄上似乎尚存着两位母亲手上的温馨呢。

我跟宝香姐每人推着一辆包链盒自行车一前一后从我们家出发，径直往同学家所在的那个叫陈原滩的方向行去。我就在想，当我们俩将这样的两辆自行车摆放在同学家院子的时候，同学将会是多么有面子啊！

外面，叼人耳朵的风开始嘶嘶地刮了起来，吹得我俩的眼睛都有些睁不开。远处，显得模糊不清。天上和地上混同为一片，显得有些苍茫与混沌。就在昨晚，地上落了一层雪。落雪的那会儿，在房子里倾听外面的世界，竟是异样寂静。但也就是在这种寂静中却蕴藏着天地秘密的运动。下雪不冷，消雪冷。及至天亮的时节天地依旧无声无息，悄然哑静。

这时候，天上又零星地飘落着耀眼的雪渣。

自行车碾在雪上噌噌有声，留下一道曲折的车轱辘印，就连车子外轮胎上那些防止打滑的棱棱角角也都十分清晰地印在了雪地上。

一刮风，天一下子就变得冷了许多！

我记得，跟宝香姐在走出院门的时节简单商量了一下，说同学哥哥结婚，去了给拿什么礼物好？两人不禁犯了一阵愁。后来，表姐说干脆照大人的习惯办理算了。"每人拿五块钱吧，你说呢毛丫儿？"表姐征求我的意见。

我赞同地点了点头。

我们骑着自行车又往前走了一段路，岂料竟然猛烈地吹刮起白毛风来了，小土道上的积雪一下子被风扬了起来，然后旋转着时时遮挡住人的视线。这时候，天地显得愈加茫茫空荒，心里顿觉茫然和前途莫辨。

我们俩大约走了不到两公里，嘴里都已灌进去好几撮雪末子。宝香姐和我都是父母娇惯大的女孩子，没受过多少苦楚。但眼下的这些困难却并没有挫伤表姐和我要到那个叫陈原滩的地方去的信念和决心。

又前行了一段路之后，渐渐地不知不觉间我心里竟有些莫名的后悔。"宝香姐，你去过陈原滩吗？"我自己是没有走过陈原滩的，对那个地方感到陌生，心里也没底儿，一再迷惘地问，"我们能不能走得到啊，宝香姐？"

"我走过一回，道路有些记不大清了！"但是表姐还是信心十足地说，"当然能走得到的，只要把路走对，就能走得到。"她昂起脖子向着白茫茫的雪野望了一眼，又显出勇敢的样子接着道："我们向着出发时相反的方向朝北一直走下去，就一定能走得到的，到时节那个村子就会挡在我们的眼前把我们俩挡住的。再说，鼻子下面还长着一张嘴呢，不会问人啊？"

"那要是碰不上人怎么办呢？"我心里依旧犯嘀咕，疑虑重重。想着这样的鬼天气，有谁会出门来呢，家里暖暖和和待着不好吗？

宝香姐始终一肚子乐观："别害怕，走着看吧！"

我想，宝香姐也许说得对。于是，我就跟着宝香姐继续走下去。

正是腊月中旬的时节，白毛风刮着雪花在阴霾的天空下缭绕舞动，掠过荒滩、树梢，并带着听上去如奏响骨箫般的弦音从人的脸孔呼啸而过。于是，脸上就跟揭去了一层皮似的痒痒着，又难受又疼痛。并且这种疼痛，会使人暗暗地产生一种奇怪的幻觉，总认为自己的脸蛋子上那最嫩的两坨肉在发炎，里面似乎潜藏着许多肉眼看不见的细菌在悄悄地作怪。因此，我就在心里发狠和暗暗生闷气。

天气过一会儿能好转吗？我在心里问自己，并抬头仰视了一下天空。天空中无数白色小虫子一样的雪粒在奋力飞舞，像是在疾疾地寻找身边就近的某个空隙，或对面的几颗雪粒间的夹缝，好从中穿梭和猛地挤过去。地上的浮雪被风吹起来像飘在地表上的烟雾一样，或缓慢，或迅疾地飞奔和来回乱窜。有时，这些被风吹起来贴着地表轻轻游走的雪，就像是一群争相追逐的小白蛇。这里的人都知道，这是因为刮地风在作祟。

有一阵，北风挟裹的雪渣及野地里莫名的碎屑会猛然从面庞上横扫过来，打得人的脸火辣辣的一阵接一阵烧人的疼。这一刻，飕飕嘶叫的白毛风扬起的雪末约有半丈来高，在我们身子的前后左右胡乱泼撒。紧接着，那些扬起的雪末又猝然纷纷四散跌落下来，与大地上的雪融为一片，终而了无痕迹。

远地里，传来一种仿是另一更为寒冷的世界里的呜咽声，我无法辨别得清，但令人恐怖。近处，不停发出紧密的吱儿吱儿的鸣音，就跟娃娃用掏空的核桃装上两根鸡毛做成的风轮发出来的一模一样。

我突然哇地尖叫了一声。

因为一股子雪自我的衣领里仓皇地钻进来，很快被我的身体融化成水顺着我的脖子往更深处爬去，一直慢慢深入下去，凉凉的痒酥酥的感觉直达人的心底。

宝香姐马上从车子上跳下来，走到我跟前，帮我把棉袄领子最顶头的一枚自己不知什么时候挣脱了纽门子的布疙瘩纽子系上了。顿时，刚刚还往我脖颈里直灌的白毛风一下子被拦在了身体的外面。

顿时，心里漾起一丝莫名的温暖。

　　表姐总是时刻关心和照料我。表姐的红棉袄衬得她的脸色愈加喜气和鲜亮。那一刻，我竟然生出和觉到我们并不是因同学的哥哥结婚而去图红火和瞅热闹的，倒像是要穿越风雪，把表姐不惜一切给嫁出去。这样一想，我的心里就有些难以言述的滋味。

　　表姐总是认为我比她生得灵秀，生得更有女孩子家的禀赋，加之平素别人对我的赞誉较之对她要多一点点，因而她对我的羡慕和喜爱也就多了几许。我想，我们之间一定是没有竞赛和妒忌的。我和表姐在一起，从来都感觉特别的安全和放松。记得每当出门走什么地方的时节，表姐总是喜欢把我喊上，好像我跟她在一起可以把她照亮了似的。所以我乐意跟表姐在一起，只要她一叫我，我就会毫不犹豫地跟上走。

　　我们两个骑着包链盒自行车，就跟现在的人开着轿车一样风光，在旁观者看来是光彩耀人的。我们自己也认为，无论从我们的家庭，还是从我们自身的条件而言，都那么地令人荣耀和富于优越感。尤其是包链盒自行车，更是令别人家的娃娃稀罕和羡慕。记得我们刚学会骑自行车的时节，许多人家的娃娃恐怕还连摸都没摸过自行车呢，所以我们满心的骄傲与激动，总喜欢把车子骑到更为遥远的地方去。有一次我们推着自行车走在郊野的夕阳下，望着一堆古人遗留下来的瓦砾和碎片，开始探讨起一个问题：我们应不应该像大人一样心里装着一个信仰呢？表姐认为，无论大人孩子都应当有信仰。我记得小时候小朋友们干了错事就会欺骗和哄瞒妈妈。然而当妈妈说："娃娃，因为主宰者，祈求饶恕你所犯的错误和罪过吧！"于是，我们就觉得这时候心里应该特别神圣和肃穆，不敢有半点的懈怠和侥幸，因为欺骗在无所不知无所不晓的主宰者那里是徒劳无益的。是的，人可以哄骗，但是对于自己信仰的主宰者是不能撒谎和欺骗的，这是含糊不得的，也是极其严肃的事情。

后来，我和表姐又谈论我们郊游和远行的目的到底是为了什么？表姐认为可以清静下来想许多以前没有想通的事情。她说这就够了！一些人，只类似于一种踏青般的游玩，顺便寻访一下古人遗迹时进行简单的凭吊与散心，或者说是一种进入大自然时以期获得心灵与精神上的自由与放松吧！总而言之，都是精神上的事情。没了精神上的东西，人就跟四足兽没啥区别。

我记得那时我们无论走多远的路，都从不觉得乏。我们甚至比试谁能从自行车上一次都不下车而一鼓作气将自行车骑到目的地去，然后顺手把车子撂在山下目能所及的某个地方，便去爬山。爬到半山腰，只见云大朵大朵的，棉花团样那么洁白和伸手可摘；远处的天空清泉洗过一样蓝；山下河谷里流淌的水是那么耀眼和清亮；水边的芦苇荡里藏着成群的野鸭子，一双双一对对。因为读过《梁山伯与祝英台》的故事，所以觉得野鸭子全是成双成对的鸳鸯，没有一个是没有伴儿的。是的，那时人的心里充满了幻想与憧憬。

突然，我的车轮子撞到了一颗石头上，一下子把我的思绪从往事中颠簸回来。今天，我们要去的同学家是要过黄河的，因为那个叫陈原滩的地方和我们隔着一条宽阔的黄河，在河的另一边。

于是，我们骑着自行车向黄河边行进。自行车的辐条转动着，发出铮铮的响声。风声也此起彼伏。一忽儿风声把辐条的声音给盖住了，一忽儿辐条的声音像是从风中挣脱出来又回到了我们的耳旁。我喜欢听辐条转动时那亮亮的清脆悦耳的声响。听着这样的声音，我的心里就有一种特别放心、融化、自豪与充实的感觉。

大约骑了三十分钟，我和表姐两个就来到了黄河边距离渡口不远的河滩上。渡口上是没有任何浮桥的，一年四季就靠一位叫唐三爷的老汉撑着船来回接送大家。过一次黄河大约需要一角钱或者几分钱。多数情况下，唐三爷是不向人要钱的。有些人因为生计的问题，不得不每天都打黄河里来回地过。一年四季这样往复行走，那得需要多少钱呐！而河边的这些人恰恰是没有多少钱的。唐三爷常流露出：在莫测深浅的水上行走，是得有点讲究和德行的。他大都不向人索要费用，那他到底图什么呢？其实许多人都说：他无所图，只为在世上带给别人一些便利和快乐而已。

我和宝香姐一前一后跳下自行车，顶风推着车子沿着黄河边泥沙铸就的土道慢慢向渡口边靠近。黄河就是个恒温器。尽管风雪交加，然而黄河这两天依然尚未结冰。

望着水流上漂泊的雪末和浪花，我的心里一阵阵发怵。

表姐显得老练和富有经验，她一只手推着自行车，腾出另一只手捯下头上的花头巾向黄河对岸上下挥舞着，叫喊道："唐三爷哎——唐三爷哎——快来渡我们过河咪！"

表姐的声音在空中被风一卷，就像是被风迅疾抓住一下子撩进一个隔音的黑窟窿里面去了，倏忽就消逝在一片苍茫的混沌世界里了。

表姐宝香的声音虽然被风抓走了，但是她的头巾却像一面旗子似的招展着，被河对岸渡船的老汉唐三爷看见了。

于是，唐三爷就用黄河边人的口音说："来了——丫头，快跑哎——！"声音从黄河那边被一股子白毛风吹卷着送过来，瞬间又被逆向的劲风刮跑了。顿时，再寻辨那老头的声音的去向，竟显得有些空茫和寂寥无边。

唐三爷一下一下催动着船过来了。他似乎是刚刚送过去了一拨人。老汉一会儿把手中的长木杆换到船身的左边，一会儿又换到船身的另一边，就这样来回撑着向这边驶来。

我和表姐焦急地等待着唐三爷能赶紧过来，好顺利渡我们过黄河。

我从来没有见过唐三爷，就显得有些腼腆。但是宝香姐，她可能是从这里走过一两回吧，所以，她的胆子有点大，喊唐三爷的声音有些脆。

就在我们等船的当儿，宝香姐告诉我说："唐三爷，他这个人可有意思了，一到夏天的时候，你就会看见他上身穿一件被汗水浸黑了的白布汗衫，一条蓝布裤子，总是将裤腿和袖子挽得高高的；一顶烂草帽在整个夏秋都扣在他的脑袋上，供他遮阳挡雨。"宝香姐像是对唐三爷的行为举止有些好笑，眯缝着眼笑着。表姐还说，由于唐三爷长期在河边渡船，说话粗糙得很，什么"婊子啦、狗日的啦、挨鞭杆的货啦"等等就打他的嘴里冒出来。但是，人倒是特别活络和热心，对那些没有钱的老人和娃娃，过河时从不收一分钱。

不觉，唐三爷的船已经近在咫尺，他先是把船头抵到岸上，接着船尾就借助水势和娴熟的技巧，微微旋着身子甩到岸边来。老汉拽着船头上的一根粗壮的麻绳索，轻轻一跃，就跨到岸上了。他将绳索系在岸边的一块底座深陷泥土的大石头上把船固定牢实，然后不等我们说，就十分热心地接过我们手里的自行车一辆一辆地帮我们扛到了船上，并使两辆车子侧身躺在船板上，说：

"愣着干啥，赶紧上船！"

等我们上船后，唐三爷才走下船去解开了绳索，自己跳了上来，然后抄起木杆猛然用力一撑岸边的一块石头，于是船就摇摇晃晃地离开了河岸。船身刚一离岸，整个身子就开始摇晃和摆动起来，吓得我妈呀一声，立时紧紧抓住表姐的手，全身哆哆嗦嗦的。

表姐也有些紧张，但她强力镇定，把我的手紧紧握了握，示意我别担心。

"吓啥呢，狗日的还能翻了！"唐三爷说，"不在家待着，干啥去呢？"他又像是对我们讲，又像是自言自语地补充说："今晚黄河一定是要结冰了，明天就渡不了船了。"

这时，我仔细地把这条船观察了一番。与其说这是一条船，毋宁说这是好几块木板拼凑和钉到一起的一块大木板，只是略微比门板宽大一些罢了。船板上由于雪渣融化了，显得有些潮湿和污浊。

我又把目光落在了唐三爷的身上：容颜黝黑，身材瘦削，喉结粗大，满布皱纹，特别是眼角两边的深深皱纹，像是用刀子刻出来的。唐三爷的手与他的脸十分般配，关节突出，到处是裂纹和伤痕。一件老羊皮袄，一双牛鼻子棉鞋，头顶一只烂毡帽。唐三爷的颧骨凸起的地方正脱落着一层像是被冻坏的死皮。

这位唐三爷由于常年在黄河渡口劳作，年复一年地风吹日晒，面孔就变成了这么个样子了。他一再让我们往"门板"中央的安全地带移一移。

船身随着黄河的水势打着旋，斜着身子向对岸稳稳地漂去。这样的一条漂在风雪黄河中的破船，这样的一个掌舵的老头，让我心里觉得像是电影中的画面。我望着唐三爷掉皮的脸孔，心里暗暗地想，在水流湍急的黄河上面撑船可是需要一些真本领的：要借助水流自身的力量把船平稳地送到对岸去，可不是件容易的事情。

唐三爷突然问我们："哎！你们两个是要到哪达去？"

"到陈原滩吃席去！"表姐不假思索地回答。

"吃席？不要命了，狗日的这么冷的天！"老汉问，"丫头叫啥名字？"

"我叫毛丫，我姐叫宝香！"我麻利地作答。

"是吗？"唐三爷的面孔上露出一丝诡诈的笑容。

不觉船已经走了一半，到了黄河的中央。这时候，水下的激流忽然形成了一个巨大的漩涡，使船身不由得倾斜得特别厉害，我觉得眼睛有些花，头有点晕，一阵接一阵的恶心。我一只手抓住自行车的车把，另一只手把表姐的手握得更紧了。

我忍不住脱口说了一句："船要翻了哦！"

我还想说点什么，然而宝香姐却伸手把我的嘴给按住了，悄悄将声音压低说："毛丫，坐船的时候嘴里可不要胡说。"宝香姐有个信条，认为人的嘴说吉利话的时候就会吉利，一旦说倒霉的话时就真会有麻烦的。

唐三爷只管驾着他的船，嘴里不停唠唠叨叨地诅咒和骂着。

随着船身的颠簸，我的一根头发滑落水中去了，我静静地望着河水，突然觉得河水把我生命中无法说清的许许多多，像一枚草叶一样统统地卷走了。我的心情变得忧郁起来。我抬起头，望了一眼表姐，她看上去是那么冰清玉洁、娇美和令人爱怜。

寒风飕飕地旋转着船板上的雪渣，表姐的手掌心凉凉的，又潮潮的。

唐三爷的嘴里一直不闲，一会儿骂他的船："婊子儿，听老子的话，过来，再过来一点。啊，过去、过去，好啦、好啦，好儿子！"一会儿，又叫苦不迭，埋怨河里的水。唐三爷煞有介事地骂来骂去，倒惹得我在心里失笑了起来。

只见宝香姐的眉头皱得越来越紧，脸上布满了担心。

我又一次把眼睛闭上了，耳旁是水声、风声，以及唐三爷有趣的自言自语的叫骂声。等到再睁开眼睛的时候，唐三爷说："到了，下船！"

我激动得一下子从船上蹦了起来，表姐也露出笑容，拿出两毛钱给唐三爷递过去，唐三爷把眼睛一瞪，说："赶紧走！钱不收了！"话很果决。

表姐就把钱捏在手里不知所措的样子。

唐三爷帮我们把自行车扛到岸边的荒滩上，说：

"路不好走就折回来。别把人冻坏了！"

表姐说知道了，我用自行车的铃声向唐三爷致以感谢。

告别了唐三爷我们就又重新上路了。眼前的荒滩雪野显得比先前在对岸和船上看到的要辽阔，极目远望，仿佛整个宇宙都在这样的一派迷茫的颜色和状态之中。

虽然道路不很清晰，但是大致能辨别出荒滩中这条被浮雪盖住的路径。感谢主，起初的时候，是搭背风，就是风从我们的身子后面吹赶和推着我们前行，而且风的力量还挺大的，我们几乎不用蹬自行车的脚踏子，车子就会自动向前奔跑，而且显得轻松愉快。

表姐可能是因为风向对我们有利而现出几分说不出来的欣喜，说，"毛丫，看见了没，咱们的运气好，是搭背风！"

我一句话都没有说，但也满心欢喜。

我们蹬着自行车不急不缓地前进，一会儿车子轻压在冰凌子上咯噔噔的，心一下子悬了起来，担心滑倒；一会儿自行车又碾在噌噌响的雪地上。天气似乎更加阴沉，打在脸上的雪末子化成水流进脖子里。白毛风吹刮得甚是猛烈，空中由原来的雪渣渐渐飘起鸡冠子那么大的雪片。路过一片柳林，柳林梢头上掠响的那一股子锐利及猎猎悦耳的白毛劲风震撼着我们的身心。

因为是搭背风，宝香姐依然兴味十足，她大声地告诉我，说唐三爷嘴里虽然唠唠叨叨喊骂个不休，说话也有些冲，但是心肠却出奇的好。她说黄河如果结冰不能行船——唐三爷会把人一个个从浮冰上送过去。

宝香姐的话被风吹刮得时断时续。

不知又走了多久，风向突然间变坏了，变成了揭面风，即风雪迎面而来打在脸上，鞭梢抽的一样。时紧时缓的长风从远方、从阴霾的天际直直吹来，揭动着表姐头上的花头巾。

此刻，道路变得越来越难走了！展开在我们视线里的荒滩雪野，完全变成了一片茫茫混沌的世界，人的思维不断幻感和进入一种朦朦胧胧的状态。

我的双眼被风雪完全模糊住了。

有几次，我张口想跟表姐说话，可是嘴巴刚一张，自己的话和还不成形的句子就又被风雪猛然堵回去了。

我们尽管使了相当大的气力蹬着车子，但是车子的脚踏子涩涩的怎么都蹬不动，车子也变得无与伦比的沉重。这曾令我们多么骄傲和无比自豪的自行车，如今却倒成了我们的负担。我想，倘若徒步行走的话，大约会比目前的状况要好上许多。但是，目前糟糕透了，彻底糟透了，雪从自行车前后轱辘的护轮瓦中钻了进去，粘在里面，使得车子的轱辘不好好转动，即使你把整个身子的重量全部压到那只脚踏子上去，也是无济于事，那轮子简直像是牢牢粘在了原地，发出一种刺耳的响声。

我们俩只好将车把扭来扭去，使得自行车尽量曲里拐弯成"S"形缓慢行进。

又走了一阵，我们浑身酸痛，屁股蛋和大腿面子疼得牙缝发酸。我看见表姐用围巾尽力把自己的头脸包裹起来，露在外面的眉毛和眼睫毛像撒了一层霜花，围巾表面结了细小的冰豆子。

我觉得我那戴着羊羔皮手套的双手，已经冻成两只鸡爪子，像长在车把上一样。有那么一刻，我觉得天空好像没有了，大地也没有了，我们两个人也仿佛从这世上消失了。这时候，地球上仿佛只剩下一种冰凉的颜色。在我们刚刚登上这片荒滩雪野的时候，从远处看，由我们姐妹俩在一片洁白的天地间点染出的那两个红点，最后竟也不知不觉地被这种肃杀的风景同化掉了。

此时此刻，我们的耳边只有呜呜呼啸的风声和簌簌下落的雪。我想，我们将永远走不出这种颜色了。我想，我们将被这种颜色深深地埋葬。是的，埋葬我们的，就是这一片鸽羽一样的洁白。

我觉得我们俩的心里盛着整个天空和大地。在这样的环境里可以想象得到，天、地、人这三者已经成为一个永恒不朽的整体。

时间就在一瞬间天长地久般地静止了。

我们从车子上跳下来，立在风雪之中，雪把我们的鞋子都淹没了。我学着表姐的样子，抓住两只车把，将自行车的车头提了起来，然后狠狠地蹾在地上。但是，自行车辐辘跟护轮瓦之间的那一层泥雪就是蹾不下来，怎么也弄不掉。

我们俩茫茫然地立在风雪中。我回头看了看我们来时的道路。然而，我们来时走过的痕迹已经被风雪掩埋了，一丝痕迹也没有留下。我想，现在我们大约已经走到了出发地和目的地的中间地带。但是，我不敢肯定，我们回去对我们有利，还是继续前进的好。

"我们还走下去吗？"路上连半个子人影子也没有。

"你给咱们找个人问问路吧！"我说。

"现在回头会比这更糟糕，再走走看吧！"表姐表现得依旧坚定。

但是，我显得比表姐要执拗和极端，甚至有些不依不饶："你说怎么走？扔掉这烦人的自行车吗？"我有些生气地质问表姐，我现在要让她感到头疼，因为我总是始终认为表姐不听我的劝告，而真理在我的一边。

表姐干脆不跟我争执了，只说了一句："你在这儿等我。"表姐的车轱辘勉强能转得动，她十分艰难地向前推着走，同时眼睛像是在周围找寻什么。

片刻的工夫，视线里就不见了表姐的身影。表姐的身影很快就融入一片苍茫的白色中。

我凄凉而怅惘地依旧立在风雪地里，一副莫可奈何的样子。有几次，我想把自行车撂掉，跑着去追赶表姐。但是，惰性使得我想：还是再等等看吧。

我等啊等啊，表姐一直没来。

"她会来吗？"

"她一定会来的！？"

"她不来了吗？"

我的心里矛盾重重，满腹的孤独及忧心。

从那一刻开始，我觉得这个世界上最痛苦的事情不是别的，而是等人，等一个搭救自己性命的人！

时间似乎过去了很久。

我实在是等不住表姐来了，不禁满腹的委屈和幽怨，一气之下索性就把自行车猛地推倒在雪地上，反身向表姐离去的相反的方向走去。心里想着看是否能碰见个同样的倒霉蛋，好搭个伴儿。但是路上一个人都没有。突然，我看见一条和我一样可怜的狗，身上覆盖着一层雪花，拖着乱毛凋落的尾巴，病了似的行走着。这条浑身不停地瑟缩着，已经被冻得奄奄一息的狗，它并没有倒下去，却依旧拼着最后的一口气在摇摇晃晃努力地向前走着，像是一定要走回它那不可知的栖身的地方去。当我走到这只狗的身边时，它把浮着一丝雪的嘴巴伸过来，朝我凄凉地嗅闻了一下，眼睛里好像陡地亮了一下，随之那眼里的亮光就慢慢地慢慢地黯淡下去了，最终汪成一缕悲凉的辛酸与茫然。狗不再理我了，又继续开始它颤颤巍巍依然故我的长身孤旅。我的心里很难过，也很可怜这只狗，可是我顾不上它，顾不上这个沦落天涯和风雪交加中的朋友。

此时，我情不自禁地回头望了一眼那只左右摇摆着身子，并向着它自己认定的理想的地方走去和逐渐消逝在风雪中的狗，心里升起一丝丝感动。于是，我便开始想要折回去和表姐一道继续走下去。我屏住呼吸，用极其尖利响亮，甚至有点悲怆绝望而搏命般的声音叫了一声：

"宝香姐！"

我又声嘶力竭地唤了一声：

"宝香姐！"这一声我是哽咽出来的，不觉泪水滂沱。很快眼泪就在我的面庞上结成了冰豆，心里酸酸的。

我蹲在雪里，独自隐隐地啜泣一会儿，就站起来又开始折回来向着表姐的那个方向走去。

谁会想到，当我走了不多时，就看见宝香姐从茫茫的风雪中慢慢地冒出来了，她的手里拿着一截木棍，围巾把大半个脸都遮住了，只丢出一双眼睛在望着我。她立在我的面前，使我又激动又喜出望外。表姐在我的肩上轻轻拍了一下，并挥了挥手中的木棍，说：

"瞧啊，算是折到了半截木棍！"

表姐拉着我的手，跑到了我的自行车跟前弯下腰，立起自行车，开始用树棍塞进护轮瓦下面往出掏里面塞进去的泥雪。掏了一会儿，她把车头提起来，用手转动车轮子，车轮子不很谐调地转动起来，渐渐仿佛又恢复了以前的转速，她这才长长地叹了一口气说：

"好啦，现在可以骑了！"她显得平静、沉着、淡定和泰然自若。

我望着表姐，不禁又想起唐三爷。我对自己先前畏惧困难和对表姐的赌气感到害臊。

有那么一截弯道，风把雪给吹开了，路面也很瓷实，我们又亢奋地跨上了车子。但是，这样的路只有牙长的半截子就没有了。可就是这半截路，谁料想自行车的链条竟跟着捣乱——大约是因为风顶着我们蹬不动——使得我们用的力气太大给把链条蹬松了，所以就脱落了。于是，我和表姐不得不停下来趴伏在地上，抹下手套，打开包链盒的盖子，将手指和木棍伸进去将脱落的链条重新安装好。一连好几次都是这样。等装好链条之后，我们举着两只糊满了链条上黑黑油污的手，忍着冰冷的疼痛在路边上抓了两把雪草草搓洗几下，翻起来依旧继续前进。

接下来的路，我感到轻松了些许，但是进度太慢。走上一会儿，表姐就不得不用拿在手里的木棍剻我们俩自行车护瓦与车轮子里面钻进去的雪。

由于天地苍茫一片，视线受到影响，不知道为什么，总是会觉得眼前的许多景象都那么熟悉，跟刚刚走过来似的。有好几次，我们俩猜想这可能只是一种幻觉，但偶尔又认为一定是走回刚才经过的那个老地方了，于是内心不禁又紧张，又难过。因为道路什么都看不清，我们俩都觉得我们是迷路了。

天上的雪花飘飘扬扬地落着，我就在心里想，唐三爷现在干吗呢？他大约把船靠在岸上，孤独地蹲在河边一个避风的弯道里看着黄河在结冰。听妈妈说，去年冬天的时节，同样是这样的一个吹着白毛风的大雪之晚，有一位后娘将自己收养的一个女孤儿赶出家门去。之前这位母亲不能生养，就收养了这个女孩子。可是后来，大约是因为这个女人收养了孤儿而使得上天垂怜了她，竟使她生下了一个女孩子。然而，这个女人不仅不思回报，反而百般虐待和刁难起她收养的这个女孩子来。就在去年的那个刮着白毛风的晚上，女孩子被赶出了家门，她大声哭泣着跑到雪野之中，后来她哭乏了，也跑累了，就倒在风雪中睡着了。第二天人们把她像一绺破布片一样从一包雪堆中拽出来救回家，放置在热炕上让好好暖着，后来女孩子的那两只脚就从自己的身体上脱落了。我一想到妈妈讲的这个故事，心里就难以名状地悲伤。

我和表姐每走上一会儿，就停下来歇息歇息。就这样走走停停。不知为什么，我觉得这个叫陈原滩的地方大约在地球上不存在，否则怎么一直和永远都走不到呢。有一次，表姐又停下来，竖起耳朵倾听，说是看能不能听到我们俩之外的人传来的声音。于是，我竟有些生气，说：

"到底怎么回事，停下来干吗？要冻死在这里吗？"

"我听听看有没有人，"她说，"我好像听到许多人在讲话，大约快进村子了！"

我不屑地苦笑了一下。但是，这一次，表姐的话还是使得我的浑身突然生出一股不畏困难的决心与悲壮，我咬咬牙，挺身抗拒着白毛风，紧紧跟在表姐宝香的身后，奋力地推着车子。先前生出的恐惧好像在一丝丝减退。可是，走了好一阵，还是走不尽的路，还是茫茫的雪野。

这一次，我对表姐的话，以及对我自己都失去了信心。我真想一下子丢掉自行车，扑倒在雪上，一动都不想动了，任自己冻死在这荒凉的雪野里算了。正在我们发呆和茫然的时候，前面嘎吱嘎吱地驶来了一辆破驴车，尽管车子很破烂，也不怎么洋气，但比我们的自行车有力量多了。这一幕让我们的胸腔陡然一热，鼻子酸凉酸凉的。原来是同学的叔叔专门接我们来了。

自行车和我们都上了驴车，那嘎吱嘎吱的声音淡淡地时断时续地在耳边响着，那一刻，我竟然希望那声音一直就这样响下去。

不知时间过去多久，我看见道路两旁一棵紧挨着一棵的树上，均贴着一片树叶那么大小，且异常醒目的红纸片片。随着树木的稠密，那些红色的小纸片片也越来越稠密，越来越稠密了。树上、墙壁上、门上、石头上等等，到处贴着的红纸，似乎要把那先前的满目的萧瑟给遮住和比将下去，不觉竟渐至于一派热闹的景象。这时，我才发现我们已经进了村子了。

驴车停在了同学家的大门口。已经等候多时的同学立刻跑过来，把我们领进他家的院子。院里一大群人围着一双打扮得花红柳绿一般的新人在观看。

我和表姐也挤进去看。那真是一位绝世的美人，那微笑比一切的花朵更艳丽，比阳光更灿烂。小伙子那么标致和帅气，健康而充满力量。他们两个在人群中幸福甜蜜地笑着，一个轻轻地牵着另一个的手。后来，我才发现大家围着看个不够的这一对喜结连理的新人原来是两个不会说话的哑巴——这也是许多人来看热闹的原因。这使我久久地惊讶和愕然。人们在潜意识里有这样一种想法，那就是尽管这一双新人可能会很幸福，但是也会有另外的不幸的可能，于是旁观者带着感动和恻隐之心，按照自己的兴趣和思路对他们的将来进行猜测。

我的心里突然有一种说不清的东西。

然而，我又多么想好好地再多看一眼这一对新人啊！

后来，同学拉着我们去吃席，我们就离开了这对新人，走进院子里搭的供来客们吃席的帐篷里坐下。主家给我们吃的是西北人的一种抢席子，有些地方称刁席子，即吃的时节，要快快地吃。如果吃的人吃得一慢，后面可吃的东西就又跟着上来了，桌上放不下，前面的饭菜自然就得撤走。倘若前面的东西你没来得及吃上，那则是你自己的事情了。

那晚，在同学家住了一宿。夜里，我和表姐聊了聊白天看到的那一对特别的不同于普通人的新人，不觉就睡了。

第二天风雪停了，令我永远难忘和惊诧不已的是，在村子的巷口，我竟然又一次看见了那条昨日在风雪中近乎倒下去的狗。

这一次，我只是一阵一阵静静的默然！

# 大姐

一

大姐比我大好多岁，因为大姐的身子底下还有一个姐姐一个哥哥。那时候的人，生娃娃生得稠。说是人多力量大嘛！

父亲那辈却只有姊妹两个。姑姑后来远去他乡，不知去了哪里。我至今没见过她老人家的面，想必这在父亲的心里是个重重的隐痛。

所以到我们这一辈，父亲似有大大弥补一下家中人丁稀少的架势，拼命价生娃娃，以致到后来造成家中生活难以维持。

那时候，大姐就过多地承载着家中的一切。

二

大姐是个中等个子，圆盘子脸，胖乎乎儿的；生得一副双眼皮、大眼睛，眉毛又黑又浓，左眉心里还镶嵌着一颗硕大的黑痣。人们都说："这女娃娃将后是个福大之人——黑痣入林，一辈子不穷哇！"

我妈为人们能夸自己的孩子，而暗暗高兴，盼着大姐长大能有个好奔头。

从我记事的时候起，就看见大姐为家里打柴、扫毛衣、铲草胡子。

那时，西海固乡村的大山里，黄蒿特别多。大姐常背上我，带着哥哥姐姐去挖黄蒿。到了山上天气如果寒冷，大姐就把我用她的衣衫裹紧，又把她的一条粉红色围巾围在我的脖子里，才开始唾手挖柴；天气如果暖和，日头红的话，大姐就让我自个玩耍。

我在地上跑来跑去，寻找瓜瓜牛抵头。

黄蒿又稠又密，微微摇着。

有时，大姐怕我爬滚下山谷，便把我安放在一个宽敞之地，然后将火速挖到的柴，在我身边围成一堵柴墙，将我圈在"墙"里，让我玩。我看见大姐满头大汗，头发里潜进去无数的柴草和木棍儿。风把黄土吹打在她和哥哥姐姐们的脸庞上。她们一边挖，一边把黄蒿根上的泥土一下一下甩打干净，然后集合到我身边。眼见着她们脸庞上的黄土越来越多，到后来就只看见大姐的两只黑眼珠子在扑棱扑棱地打闪。

柴打好后，大姐把皮绳双折放在地上捆柴。她捆柴时，头朝上，双脚蹬柴，手用力拉绳，脸孔常常挣得红彤彤的。有时皮绳往往就把她的手掌勒进去一个深壕，甚至勒破了。所以她的柴最实沉，个子也最大。然后，她在柴捆顶端巧妙地做上一个"窝"，把我安放在"窝"里背回家。每当大姐背上柴从山顶的盘盘路往下走，人们就只看见一捆好大好大的柴山向下移动，却看不见背柴个子的人。村里的人就夸大姐说："这娃娃做活计心实得很嗳！"

大姐是村子里割麦子割得最快也最干净的女子之一。她对粮食十分惜疼，割完后，总要回身看上一看：究竟是否落下了麦穗。若落下，她就拾起来装在衣服口袋里，回家后掏出来，用手掌捋在衣衫或红包巾上，再盛到碗里倒进粮食口袋里去。

大姐在村子里算是个开朗活泼的女子。她胆大妄为是出了名的。曾听妈妈说，那时候，村子里的公路刚修通，班车打村子里开过来，田里劳动的人都呆呆地看，稀罕得不得了。大姐忽然带头喊了一声："坐班车走哟！"她振臂一挥，扔掉芨芨草背斗，抓下脖子上的红围巾，提一把铲草的铁铲子就冲下山坡，拼命价撵班车。一群小媳妇大女子叽叽喳喳麻雀一样跟着大姐向班车扑去。大姐带头高声叫喊班车赶快停下来。

那时，大姐的作为，没少提高我们家的知名度，为此常遭母亲的打。全家人都责怪大姐，叫她安分一些。

司机微微笑着，说："跑在头里那是谁家个丫头，胆子咋那么大？"有人就说那是谁谁家的。

司机把车停下等了一会儿，大姐带着大伙第一个跳上了车。有几个坐了没几步就叫车停住又下去了。而大姐和她的几个好朋友却一直从满寺堡坐到李俊公社，近四十里路，她们一直哧嗒哧嗒走回来。路上，同伙不时埋怨大姐，说草没有铲上，回去迟了肯定要挨家里人的骂。大姐说："咱长这么大，见过这么好的班车吗？从来没有！这次我带你们竟白坐一趟，那是多稀罕的事儿，你们不感谢我也就算了，还丧的哪门子神！"我大姐尽管饿着肚皮走了几十里路，腿又酸又疼，但心里却高兴着呢。大姐那次回来后，已是夜里，自是挨了母亲美美一顿打。

这个故事使我想起影响了一代人的小说《哦，香雪》。大姐她那时候多像香雪呀！

## 三

可是，许多年以后大姐却变得沉默、压抑。几近让人有些悲哀。

听村里的人说，大姐五岁时就能像模像样地帮母亲干活儿，上锅灶了。不久，就彻底把母亲从锅灶上替换下来。

鞭打快牛。母亲那时爱打大姐，大姐活计做得忙，她打得忙。饭做多了，打；饭少了也打。比如像串门子，草胡子铲得少一些就更甭说了。大姐那会儿真没少挨母亲的打。原本，当时西海固大多数人都饿肚皮，怎么敢浪费粮食呢？当然，肚子又不能不吃饭。大姐那时带领哥哥姐姐们在粮食地里拔一些马灰条，将灰条晒干，再把灰条籽儿捋到泥缸缸里，隔段时间磨一些玉米面和到一起做的馍馍香且又甜，这对我家来说，无疑是一种很大的垫补。后来，大姐怕浪费吃头，每次饭前，先把全家人问一遍，谁吃多少，问好后做出的饭不多不少刚够，简直比斗量秤称的还准呢。

听人家说，大姐那时做活计特别实沉。大哥、二姐、二哥却刚好相反，他们出去铲草，如果每次背斗铲不满，就用木头棍从背斗中上部插进去，在背斗里搭成鸡架样的个架子，把背斗底子撑得高起来，之后将少量的草胡子篷在背斗里面的木架子上，背回家欺骗母亲。如果草不倒在地上，看起来仿佛他们铲了高顶顶一背斗，但实际上不抵大姐的十分之一，他们的恶作剧真叫母亲哭笑不得。母亲常说："只有我麦燕能指住事！"

麦燕是我大姐的乳名，叫起来纯朴而有诗意。

大姐经常笑两个哥哥说："虚虚哄背斗，哄了家里的老肉头！"

多时节，她都帮哥哥姐姐们把背斗往满圆里铲，并帮他们一截一截背回家。大姐说："谁叫我是老大姐呢！"她害怕把哥哥姐姐的身子骨给压坏了长不成大个子，有时比母亲还知道疼肠我们呢。除了大哥牛娃子，我们家的娃娃，大姐基本上都帮母亲一个一个带过。

多年以后，我们每每谈起我们这个家庭，都觉得唯有大姐的功劳最大。大姐使我们度过了那段最艰难的时光。现在，每当有人弄虚作假的时候，我就想起我的大姐。我觉得我大姐嘲笑哥哥和姐姐们的话，在当今社会依然有无比现实的意义。我们现在的一些领导坐在那里煞费心机地编数字。到底是在欺骗谁呢？他们向上面谎报着一群比一群更大的数字。他们到头来哄的还不是自己！这些人应该让我大姐好好地给骂上一顿。

当年，母亲有一把小扎鞭，那是父亲在一个牧场里牧马时带回家的，没想到成了母亲打骂姐姐和哥哥们的工具。母亲经常将扎鞭搁在房梁顶上。用时取下来，用完后又放回原处。哥哥们都不敢碰，看见扎鞭逃得比老鼠见了猫还快。后来大姐一气之下，就将扎鞭塞到灶火里烧了。不久，正好又逢上母亲要打人，手够到房梁上一摸，扎鞭不翼而飞，她气得"嘿嘿"笑起来。刚才还吓得连大气都不敢出的哥哥姐姐们也跟着笑起来。母亲故意冷了面孔说："狗狗你们不要笑得好。说，你们谁把我的扎鞭藏咧？现在早早说了还不迟。如果想挨打的话，你狗狗就别说咧！"

后来，母亲翻遍了所有的角角落落，终于从灶火里找到烧得残余的一截木把。那次，母亲没有发火，只是意味深长地望着被火烧剩的一截木头把，久久无语。她的眼圈忽然红红的，嘴唇紧紧地抿了抿，却不知在想些什么。也许她内疚了，后悔了？

母亲对我们姊妹太严，这是村里人人皆知的。如果我们哪个不小心将灯盏碰倒了，都要挨一顿打。

大姐第一次反抗母亲的暴力取得了初步的胜利。过后，连大哥都说："麦燕的胆子真是太大了，竟敢烧掉母亲的扎鞭！"哥哥和姐姐们说，那把扎鞭曾一度成为他们心头的一个阴影。大哥说："我只要远远望见母亲的扎鞭，身体就会不自禁地发虚、打颤，哪里还敢去碰它，只有你大姐敢，她有天胆哩！"

回想起来我最佩服的不是大姐的胆量，而是她的针线和茶饭。她做针线和茶饭的时间几乎和她自己的岁数差不多。她从一个鲜活而讨人喜爱的小丫头片子开始做饭，一直做到儿女成行，依然没有歇下。

去年，我从一个很远的地方归来，一进家门，就闻到一股久违了的熟悉的饭的香味。那种香味朴素、自然、原汁原味且又能登大雅之堂。

我欣喜之际，鼻孔有些酸楚，我想一定是大姐，一定是大姐来了。她一来就上灶，就干活儿！而且，大姐每次来时，总是要拿点什么，比如拿点秋田面，拿点胡萝卜、向日葵，以及做枕头的荞麦皮，等等。每次都用一个发黑而油污的老挎包装着。而那个挎包似乎永远也洗不干净似的。

果不其然，大姐笑盈盈地走出来，说："哈儿（我的乳名）回来了！"就在那一阵，大姐的笑容，不知怎的，我看着既觉得熟悉而又陌生。大姐的脸不耀眼，也不花俏，那是西海固大地上一张平凡的女人的脸，只有那双眼睛引人注目，那眼睛里脉脉地含着一丝温柔。大姐非常看中我们姊妹，好像她是老大姐，理所当然担的担子就应当重一些，就应当像母亲一样疼肠我们。她尤其看中我，把我桌儿上盘儿下的，给我端茶倒水，缝缝补补，洗晾和摆放我的鞋袜、帽子和衣裳。她老把我当一个知识人看待。所以，她愈到后来在我面前愈显得卑微起来。

我说："我一闻见饭味，就知道是大姐来了！"我说的时候，喉头一热一热，噗！一颗清亮的泪水终于忍不住滴进手中的饭碗里了。说真的，这些年，我吃了无数的饭菜，都不敌我大姐的。我大姐随便侍弄一顿洋芋面，都比一场丰盛的宴席强啊！我总是能从大姐的饭菜里吃出一种童年的和人生的况味儿来。这里除了情感之外，就做饭手艺本身而言，我大姐丝毫不比大餐厅的师傅们差。她这人做吃头喜欢琢磨，总是能将吃头做到色香味俱全。这确是一种资格，也是一种功夫。在我们还没有生下的时节，大姐就已围着一面小护巾舞扎着俩小辫子开始了她长达几十年的"厨师"生涯。那时她还连案板、锅台都够不着，脚底下踩着一块形似小板凳的顽石擀面。

那天吃完饭后，我着实想和大姐说说话，我特别希望大姐能说说过去的事情，尤其是说说在西海固老家满寺堡村子里的事情。可是，她说不上几句就跑题了。我试图提醒和引导她向这方面谈下去。却都失败了。现在，我从她身上感到有一种压抑的东西，有一种沧桑与无奈的忧伤。大姐目下的样子，让我时不时产生莫名的担心。我到底在担心什么呢？一时又说不清楚。那天，大姐与我仿佛在一种压迫的气氛中说话。然后，她说她得回家了。她现在所说的那个"家"已经是另一个"家"了啊！似乎与我们以前的那个"家"丝毫无关系了。是的，她得回去为那个伤透了她心肺的丈夫干活儿去了。家里家外的活计全是大姐一个人的。而姐夫却整日游手好闲，啥也不干。我一点也不喜欢我的姐夫，我觉得他很不像话，还老是作践我这样好的一个姐姐。我嘴上虽然不跟他讲，但心里是万分不快的。我和妻就再也不好强留大姐。我们把大姐送出大门，那一刻，我内心里很矛盾、很痛楚；更让人不可理喻的是我觉得我和大姐之间似乎恍惚间有了一层难以言说的隔膜。这隔膜把我们一丝一毫分离开来，使我们有了异样的陌生感。我们的距离似乎也由此而加远了。这让我心里更加痛楚。人不要一天天长大该多好啊！我和妻子就如此把大姐一次一次从我家的大门口送走。大姐想来时，就一个人悄悄来了。她还能有什么去处呢？女孩子一出门就孤单了，有时会变得特别脆弱和孤独，像个没娘娃抑或像无根的萍一样漂浮着。她们有时节茫茫然无家可归的感觉是刻骨铭心的啊！

## 四

当年的大姐很欢，很活跃！她会唱："山里的个野鸡呀红冠子，我给我的那个尕妹子儿打簪子，山丹红花开嗳！"这样的山花曾震撼过多少农村男子的心灵！大姐那时常常扮作成一个温文尔雅的青年男子一边演着花儿中的情节，一边歌唱。她所装扮的男子大多都十分优秀，几近于十全十美，对"妹子"一般都极端疼肠。

由于家里的活计多，加之我们姊妹的拉扯，大姐没念下几天书，就收搁了。她每次说起没有念书都表现出万分的痛苦。但说为我们她不后悔！大姐说那时候考学简直太容易了！大姐虽然没能一直上学，但她还是不知在哪里识了不少的字。她比作家还爱书。大姐极喜欢听广播及收音机上的歌子。听说一九七一年的西海固农村，为贯彻毛主席"努力办好广播，为全中国和全世界人民服务"的指示，西海固一次又一次掀起大办广播的热潮。当年百分之百的大队和百分之四十五的生产队都通了广播。农户家都有一只小喇叭，凡是小喇叭唱的那些歌子，大姐都会唱。大姐听歌特别肯听会。你时常能听到她做饭唱，洗衣唱。有些歌子是很振奋人心的。听大姐唱过去的老歌，你会觉得有一种胜利了的感觉。后来，当我们上了小学，学习关于音乐家聂耳那篇课文时，我觉得大姐和聂耳一样是个"天才"！她当时对音乐的敏感和痴迷至今令我们叹为观止。但是大姐却没有成为一个音乐家。她只是一个普普通通的西海固农村妇女。实际上，只要细想一想，这个世上普普通通的农村妇女是绝大多数哇！

那时，父亲一年四季在外工作，回不了几趟家。父亲在一个国有牧场上班。有次回家时带来一只半导体收音机；自然，我们全家都把它当作宝贝。收音机最后由大姐保管。我想，大姐那时该是从收音机里学了不少东西吧！收音机可以说是大姐的老师。她的许多知识的启蒙教育，包括爱情观都应该归功于那个黑色的铁盒子。当年的大姐，活泼而富有诗意。她有一颗童心，又有着深挚的爱心。她喜欢听的收音机节目诸如"学龄前儿童广播节目"，以及各种各样的歌子、广播剧和小说连续剧等节目。她能把《三国演义》和《夜幕下的哈尔滨》给人一板一眼地讲下来，每个故事、每个人物的名字都从不混淆。这让我这个读过"三国"的人也感到自愧弗如。大姐的不简单就这样一丝一毫地显现出来了。

大姐一直希望将来能找个有知识、有文化的人做我们的姐夫。她喜欢那种文质彬彬，待人温和的人。可是，她的愿望自始至终都未能实现。我知道大姐她是那么热爱知识啊！凡是书她从不会丢弃。她是村子里珍藏书籍最多的人。

大姐把所有的书认认真真包裹在用碎布片缀补成的一块大布片里，锁放在自己的炕床子里。直到现在还依然留在我们家里！

一家人，或者姊妹之间，时间一长，难免总会发生一些小摩擦、小冲撞，或者心心事事的，大姐就走出来调和大家的关系，从中周旋。仿佛这是她的职责。因此上，她常常吃力不讨好，被大家一直指责为"爱管闲事的人"！

前几天，妻子在街头的摊儿上给我买回一双布鞋，这种布鞋现在已经越来越少了！如今人们都喜欢穿款式越来越流行的皮鞋。但我却异样地钟情布鞋。我经常在妻子跟前念叨布鞋的好来：鞋底子结实，穿在脚上感觉又轻便，对脚也松活，且又能透气！

可是妻子给我买回的这双布鞋，底子太薄了。如果地上稍有石头或什么坚硬的东西，我的脚掌就被硌垫得疼痛难忍；还有，地上如果稍微有一丝水渍，水就会渗进鞋子里来，脚立刻湿透透的了。所以，我总是回顾和想念过去。诚然，现在的日子比过去好了百倍。但过去的一切物品似乎都较结实，而且大部分都是真货，假的实在很少。然而现在，假东西太多了！不要说一双鞋子，连父母儿女之间的感情也日益地掺了假。

那时，我穿的都是大姐做的布鞋子。那是真正的千层底儿啊！糨子打的袼褙，用剪子剪好鞋底，再以老粗白布包裹了一层，才开始纳鞋底。纳鞋底的白线绳一般都搓得很粗；以一苗缝麻袋的大钢针在鞋底上一针紧挨一针地纳，密密麻麻，却又密而不乱。那确是钢针都很难轻易穿透的鞋底啊！大姐时不时就把拇指和食指的皮都蹭掉了；针攘过鞋底露出一点锋尖，就纹丝不动了。大姐就用左右二面的大牙往出抽，费事呀！鞋子的帮是过去那种老黑条绒布，按着鞋样铰的，结实得不得了。穿着大姐做的布鞋在石头上猛猛地

踢，石头会嚎叫，而脚不觉得疼。我牵着花头小羊穿行在刚割过的
麦茬地里。我专拣麦茬上走，将一镰镰新割的麦茬用布鞋踩趴下或
齐齐踩折发出脆响的感觉真是不错！而现在瞧瞧，那些看起来底子
很厚的球鞋，一踩在麦茬上竟被轻而易举地刺穿了。真不可思议。
我现在后悔干吗不把大姐做的鞋子收藏一两双呢。一双都没有留
下！那一双双鞋子随着一次次的搬家，都散失了哇！也有的当作破
烂扔了。谁能想到那些鞋子会随着光阴的流逝对我变得日趋重要起
来呢？

　　现在当我一个人常常独自静坐的时候，我就想起当年我跟着村
子里那些大我许多的男孩子放牛的事，他们都爱争着逼迫我把他们
叫姐夫。他们向往地说着侮辱我大姐的脏话。我那时还小，也不知
怎的那么胆小懦弱。我敢怒不敢言。有个老气横秋的光棍，他平躺
在一个阳山台台上，恬不知耻地褪下裤子，嘴里一遍又一遍重复着
我大姐的乳名。他把乌黑的狗爪环从下面探摸下去；他的声音一声
比一声高，一声比一声痛苦。我看见他的脸孔逐渐扭曲、抽搐、涨
红、额头上渗出细密的汗珠；他的眼睛充血地红着，布满血丝。当
他终于静止下来的时候，我看见他像只死狗一样的，眼球定定地瞪
着天上纤尘不染的云彩，神思不知飞向哪里。每次我放牛回家，总
有些憎恨地细细对我大姐进行端详：她何以有那样的魔力，何以令
那些臭男人们举止龌龊？我简直觉得因为大姐使我在众人面前矮了
下去。他们每次针对我过不去，都不可避免地要把我大姐牵扯进
去。那时，我内心梦魇般地矛盾和痛苦着，很是不愿意要这样的一
个大姐。而是希望她变成一位大哥。那样，我就可以理直气壮地揶
揄和戏弄旁人的姐姐、妹妹了。现在想起来，真是想笑。谁没有姐
姐妹妹呢？没有姐姐妹妹总归有妈妈哩吧？

# 五

当母亲又生下一个孩子时，已经包产到户了。那正是春天播种的季节，父亲从单位上回不来，大哥被父亲带去牧场当工人。但不知后来为什么却没有当成功，混了几年又回来了。当时有人笑着对我父母说："你们咋不叫你大的个女子当工人去呢？"

母亲说："女儿娃，迟早是旁人家的一口子人。"母亲的意思显然是重男轻女嘛！

大姐在旁边一声不吭地听着。

大姐最终什么话也没有说。

那年春上，眼看人们都急急忙忙地赶着播种。而我们家却焦灼地等待着父亲和大哥早早回来。不知怎的，那年春上，父亲和大哥始终都没有回来。我们家那个急啊，连旁人都看不过去了，催我们赶紧想办法，眼看播种要结束了。就在这时候，我大姐套了牲口自己耕种起来。之前，大姐已率领二哥二姐把家肥拉上了地。记得当时，我家有一匹土黄骡子，一头长脚草驴。刚开始，骡子不听使唤，动不动就从耧沟里逃脱出来，满地乱跑。骡子和我大姐在田里绊起了跤。一村子人站着围观，当戏瞅。大姐一脸的泥。汗水和田里的尘土搅拌在一起，使大姐麦子色好看的脸蛋花里胡哨。大姐震怒了，流着泪给骡子的嚼子拴上了铁齿牙子，叫二姐牵着拴齿牙子的笼头。骡子一不老实，大姐就叫二姐紧一紧铁齿牙子，疼得骡子的嘴一咧一咧地乖乖走到了耧沟里。那时农民对于不老实的牲口惩治和改造的办法很多：骡子有齿牙子，牛和骆驼有鼻环子。治的都是它们最脆弱的地方。

老了的麻草驴，大姐叫它"二女儿"，乃是农业社一头叫"大女儿"的草驴所生。它身体欠强壮，和骡子并着拉耧，时间一长便翻着乞怜的白眼，张大的鼻孔里呼哧呼哧喷出一团团白气。

大姐摆耧的姿势很是好看，且唱着动人的歌子给牲口听。牲口们仿佛听懂了，耳朵一松一紧一松一紧。大姐仿佛无师自通，她摆耧摆得又匀又细，操办得一条一条的，把村子里的男男女女们看得也一愣一愣的。

大姐说："这世上再啥都有假哩，就只有粮食没有假，你下一份力气，就有一份的收获哩。功夫不到，粮食的产量怎么能够上去？"

二姐说："数字也没有假，一就是一、二就是二！"

大姐说："数字这东西最假了，最不可信，比如一：有时节是一，有时节却是二，有时节妈妈的却什么也没有！"

二姐觉得匪夷所思，说："数字怎么能有假哩？"

大姐很不悦，道："数字怎么能没假，我最头疼的就是数字了，算着算着一下子就错了，有时还成倍的错哩！"

二姐听着很茫然。

是啊，大姐说得对，现在除了庄稼，还能有什么东西是真的呢？

种上了麦子，大姐又带上哥哥姐姐们种洋芋。大姐他们先是把田用铁锹打成一道道畦垄，在畦垄中间的壕沟里把刀切好的洋芋籽一一点上。待到洋芋开花儿的时节，再在洋芋根须的一转圆撒上打碎和砸得稀烂的羊茬粪，接着将一道道畦垄用铁锹铲倒，把土一律壅到洋芋根下。这里的人制造羊茬粪的办法是：羊在圈里拉一层屎尿，马上在屎尿之上铺一层黄土；拉一层，铺一层。这也叫垫圈——待到入冬以后，把垫起的土再一层层挖下来打碎弄烂，就是所谓的羊茬粪。大姐干这已是个行家里手！

大姐说："壅过的洋芋飞着飞着长哩！"否则，洋芋光长蔓不长籽儿。大姐知道，西海固的天气坏得很，春季休想见着一丝雨水。而秋天才是雨季，这很适宜于秋田作物的生长，只要秋季有上一场透雨，洋芋根底下一转圆的肥料受到雨水的滋润和浸泡，便会将自身的养分和力量输送和渗入至洋芋的毛细根须上，就像我们给病人打吊针挂葡萄糖一样。洋芋获得了营养和力量之后，就会迅速地生长起来，颗子不仅结得繁，个子也长得大！

我家有个亲戚，写文章的，生活在大城市。有年夏天，他来我家，一来即特别地爱下地割麦子，挡都挡不住。但他每下地必抱一只小板凳，因为他怎么也蹲不下来，要坐在板凳上方能割麦子，惹得村子里的人当稀罕看。过不了几天，他就急着要走，临走时说："实说啦，我们城市里的人啊，溜溜嘴皮子，还行。可干这庄稼活儿就差劲儿啦！"

我大姐就咯咯地笑，说："你们城市上生活的人，一般搞得好像干活儿是个罪过和惩罚似的。有些人还以为农民很好当哩！"

那时，大姐十分依恋土地。她特别喜欢在春天的早晨，立在暖融融的阳光下，观看田里的地气袅袅升腾；她喜欢闻土地那朴素而清新的味道；喜欢闻高原深处那饱含着阳光、黄土、汗水、原始的香味。

## 六

后来，我上了学，大姐也出嫁了。

母亲曾说："你大姐的那个主儿找得可淘气呐！"她恼火地摇晃

着头。尽管当时媒婆络绎不绝，但母亲一个个都推脱了。在这件事上母亲显得异常固执。可是大姐比母亲更加固执，几个家境好的，母亲认为不错，但大姐却连见都不见。后来，来了个大学生，和大姐有说有笑，挺谈得拢，但不知因为什么缘故，却最终没有走到一搭。

再后来，大姐就仿佛是为了应付差事或了却一桩什么事似的随便找了一个结婚了。

有一年，记得某个星期天，我去大姐家做客。我当时是怀着一种"座上宾"的心情往大姐家走的。在西海固那里有个讲究，凡是娘家的人来到出嫁的女子家，她们都得分外当事。

我去时，吱吱吱地哼着小曲儿，高兴得不得了。因为我的作文在全校获了个什么奖，我想去报告大姐叫她也高兴高兴。她一高兴，说不定还给我能宰只鸡吃呢。然后，明天我就可以带着吃过鸡肉的肚子去学校念书了。微风细细地吹着。我一边梦想着吃肉一边加快了步伐。

大姐家是一对双扇木门，不知道是啥木头做的，上面布满了拇指和中指圈到一起那么大的眼眼。我扒到最大的一个眼儿上一看：院子里仿佛没有什么动静。土院落里却被收拾得井然有序。我隐隐有些嫉妒：别人家里好了，我们家里却乱了！大姐走时把一切福气也带走了！我心里酸溜溜的，不是滋味，便更加想着到姐夫家该美美吃他一顿。

我推开门，小心地走进去，站在院子里，等着有人出来"请我"。姐夫的父亲在窗子眼里看了看我，却把脸别了过去。他可能是给姐夫说我来了——转眼间姐夫的脑袋也过来扒到窗眼里快速地望了一下，就又不见了。我想，这下他们可能要出来叫我进去了吧。可是，我站了快半个小时，只有几只鸡不知从哪里钻出悠闲地走过来走过去，嘴里咕咕地说着什么，仿佛是在嘲笑我的自作多情！房里却依旧不见有半个人影出来。那一阵，我走也不是，进去也不是。我委屈得差点流下眼泪，心说：我们把一口子最攒劲的人给了你们，你们连一点情都没有吗？还有大姐，人家不理我那是旁人呀，可你总该出来招呼我一声哩吧。我步行了将近三四十里山路啊！想到这里，我的心都要烂了。

眼看天快要黑了，我决定连夜赶回去。我转身出了大门，姐夫跟了出来，说："你姐不在，有啥话你给我留着，她回来我跟她讲！"

他竟然像赶一条丧家犬一样地赶我。本来，我是快要流泪了，但是一想给这种人落泪简直是耻辱，便没有哭出来。我有些莫名地恨大姐，说："你告诉我大姐，让她永远再别回来！"

我头也不回地走了。

走了不到一半路，天就黑麻了。我的腿肚子像怀了小孩子一样难受，肚子也饿得咕噜噜地直叫唤。我想：现在无论任何粗食淡饭，我都能吃它许多，至于大姐家的"鸡肉"就让它见鬼去吧！一种屈辱、疲乏和饥饿感，使得我的内心变得异样复杂。当我走到一片柳树林子时，树上的老乌鸦偶尔从这边树冠上飞到那边树冠去时发出吓人的扑腾和碰撞声，使得整个林子显得分外寂静。我忽然感觉到莫名孤独和害怕。我想一阵大姐小时候对我像母亲样的疼肠，又想一阵她家对我的冷落，不禁思绪万千。也许，那一刻我还在一次又一次地立志，发誓将来要干什么干什么叫姐夫家那种人不要小瞧。我继续走着，可老觉身后有什么跟着，一想到成精的鬼怪啊什么的，心里就愈加害怕。我尽力地在脑子里复习《鬼的故事》：都是自己吓自己！也许身后跟着的是自己的影子！

我还是小跑起来，把一切饥饿和疲乏抛到脑后。在过一片坟地时，不知是一条野狗还是狼的东西站在我两三步远的地方，眼睛里射出两道阴森森的蓝光。我先停下来想狗的可能性大一些。可后来怎么觉得它都像是狼。它一点也不怕我，若无其事而又时不时地瞅上我一眼。我觉得浑身的血液仿佛在逆流，头发针一样地竖了起来。

就在这一刻，身后传来了大姐的声音，脚步也紧紧迫近。

我转过身大姐已站在我身后。她伸手抓住了我。我忍不住放声痛哭。大姐也哭了。过了一会儿，大姐带我穿过坟地，我们默默无声地走了一阵，来到一个避风的歪七扭八的腰快弯到地上的大树下。那头野狼或野狗已不知道哪里去了。我们爬上榆树，一起坐在榆树粗糙而结实的腰杆上。大姐说："饿坏了吧？"她拿出煮熟的鸡蛋和几个荞面馒头，还有一把洗净的韭菜，说："快吃吧！"

我一边狼吞虎咽地吃东西，一边想：还是大姐疼我，她不会撇下我不管！我心里流溢着一种得意和幸福的感觉。我说："你再不来，就见不到你的弟了，狼就把我吃了！"

大姐说我去时她正在田里干活，回家后才知道我已走了。她赶紧偷着给我煮了几个鸡蛋，就跑着撵我。

我说："我姐夫他咋能那样呢？"

"你姐夫就那样，你别往心上去！"

"我以后再也不会去了！"我愤愤不平地说。

记得那时，我们家人口特别多，加之大姐一走，家里就越来越困难，一年四季吃不上一顿好的。听说大姐家日子好过些，我就老想着到大姐家去混上一顿好吃的，没想到头一次来，就是这样。我听说，大姐自从到姐夫家，家里家外，什么活计都是她一个人的，可还常常遭打。因为姐夫和他父亲乃是一对赌棍。大姐一劝姐夫，立马就被姐夫打一顿，叫她少管。

大姐当初怎么就没能看出姐夫他是如此这样的一个人呢？！

那天，大姐说到伤心处，抹起胳膊叫我看。借着一线亮亮的月光，我看见大姐的身上被棍棒打得像个紫檀布布，她的嘴皮被打得肿肿的，丑陋地垂吊在一边，眼窝也青着。我再也吃不下了，把头搁在大姐的腿上放声痛哭。大姐像抚慰婴儿似的拍着我的肩和头。

我开始明白是自己的不对。我对大姐的幽怨和恨一下子全部释然了。

大姐也出声地哭了！

我想，也许大姐一定在心里重复：我的命怎么这样苦啊？！

后来，大姐一直把我送到大门口，对我说："你回去吧，我走了。"接着又添上一句："别对妈和家里人说我被你姐夫打的事好吗？"

我重重地点点头，问她："你不进去吗？"她说："不了！"然后她转过身恋恋不舍地走了。

我知道大姐，她的痛楚就让她自己一个人承受。她不想叫家人为她担心。

那晚，她就那样一个人走了。

大姐呀，你夜里一个人走那么远的路，不害怕吗？！

## 七

现在，我家的日子一天天好了起来。

我总希望大姐能常来家里坐坐。

但是，这两年，大姐来家里的次数越来越少了。她变得苍老而沉默，浓黑的眉毛拼命价脱落，只见那颗入了"林"的黑痣，也日渐裸露在"林子"的外面，看似有些要掉下来的样子！

大姐她默默地过着她的日子，我们也日渐得越来越陌生、疏远了！

# 颠山

夜幕降临，流浪汉沿着街巷寻找饭馆的时候，又一次撞见那个女人。那女人今天和他乘坐同一辆汽车来到镇子上。她一脸凄凉、悲苦和忧伤。整个汽车车厢里，传来她不时的叹息声。当车上响起一首低沉伤感的歌曲时——也许应和了她的心境，她触景生情淌下泪来。

他静静地望着她。每当从一个地方到达另一个地方，看着许多离别的愁苦场景，便觉得有一种撕心裂肺的空虚。这空虚在向全身扩散，向空气中扩散，以至于凄惨，尤其是晚秋与隆冬时节。

当这女人把身子转向流浪汉时，他便看见带着苦笑的苍白的瓜子脸，单薄的身子，打了许多褶的布的淡红的衫子，黑色的粗布裤子。她友善而胆怯，总是向周围的人笑。仿佛要取得他们的好感，抑或仿佛是要乞求别人不要欺生。

见她手里提着一个破旧的拉链大黄包，上面还写有天津的字样。这样的包在农村是很时髦的，也是出门一件不可或缺的家当：要装干粮，要装路上换洗的衣裳，还要装针头线脑和一些零碎东西。流浪汉问她：

"老乡，到哪里去？"

她依然笑着。"到很远的地方去！"女人说。

"有多远？"他也笑着说，"我们搭个伴走，成吗？"

"那你到哪里去？"她笑着，有点猜疑地打量他，且两眼里弥漫着稚气的好奇光芒。

"反正，我估摸咱们是一路。"

说着他们就走到一个饭馆门前。

"饿了吧，进去吃个饭再走。"他说。她浅浅地笑着，相跟上进去。

饭馆的里头并不宽敞，但显得简洁、干净。三张方桌。一张桌子的跟前已经坐了人。她们便走到靠近窗户的那张桌子跟前坐下。

不知谁拉亮了电灯，狭小的屋子顿时流淌着一种川端康成小说《伊豆的歌女》里的气味。


二人走出饭馆，外面一片漆黑。只有远处的街灯散发着昏暗的光，很见凄然。流浪汉抬头凝视的时候，看见女人的脸在暗淡的灯光下，愈显得黯淡。她仿佛更怯弱了。但似乎又那么坚强。一阵风吹过，仿佛有些冷。女人把手里的黄提包慢慢放到脚跟前的地上，轻轻拉开拉链，从里面摸出一只毛线打的帽子戴在头上。她仿佛脸色变得绯红，从未有过的绯红，似乎避开流浪汉的视线。

"你知道火车站怎么走？"女人声气低低地问。

"不知道！坐一辆摩的，摩的司机大约知道地方。"他皱皱眉头说，"我们要分手了吗？"

这一次，她很安详地抬起头，用柔和的目光注视着他，整个脸庞开始有着默默的温情。再有十多天，就要过年了。每当这时节，人们都开始往家里跑。而一些人却离开了家门。冷风开始摇荡苍茫的夜色。她的眸子里流淌着凄凉的惆怅的光芒。

"你干吗这么伤感？"他问她，"你去哪里？"

"不知道！"她说。

"你不知道要去哪里？"

她终于结结巴巴地说："我是逃出来的！我有一个孩子。我男人常打我。"她说，"过不下去了，逃出来的！"

"你识字吗？"

"我初中毕业。"

他继续说：

"外面很乱，回去吧。不能这样到处流浪！你的家在哪里？"

她继续望着他，仿佛更加迷茫似的。流浪汉重复说：

"你的家在哪里？"

"我不知道。"她说。接着，便啜泣起来。

"怎么！你不知道你是什么地方人吗？"

"什么地方人。我知道的。但是，我现在已经没有家了。"

"那么，你是什么地方人呀？"

女人回答："我是黑窑洞一带人，在西边的。"

轮到男人惊讶了。"我们都是沙沟人。"他停下来思索了一阵，然后又问，"你不想你的小孩吗？"

女人开始锁紧眉头。刚刚揩净的泪水，又慢慢濡湿了眼窝。

"你的小孩一定很讨人喜欢。"

她脸上溢出难言的痛苦。她觉得要哭出来。她拼命地熬，绷紧了面皮，跟孩子似的把呜咽哽哽下去，可是眼泪还是涌上来，亮晶晶地挤在眼圈边儿上，一忽儿工夫两颗大泪珠离开了眼睛，慢慢地顺着两颊流下来。跟着又流下别的泪珠，流得更快，仿佛岩石里渗出来的水珠一滴滴落在她忧伤的胸脯上。

"回去吧!"

"我再不回去了。死也不回去了!"她默想了一会儿之后,十分坚决地说出来。这几句话很震动了他的心。也许,光亮就在她出走的下一站。

一辆摩的把他们拉到镇子的小站上。那是一间显得很古的平房,四周长满干枯的野草。漆黑的夜色使野草显得很神秘,仿佛深处藏着梦影。火车的铁轨,蛇一样游向苍茫远方。

平房的旁边有一间昏暗的鸟笼般大小的值班室,一个形似枯槁的男人坐在里面捕捉衣裳上的虱子。

两人从这个男人口中得知,凌晨五点将有一趟从这里经过的火车,火车在这里只停五分钟。男人说完就又捕捉虱子去了。

两人先在古房的木头椅子上坐着。古房里没有火。一会儿,寒冷开始向他们的骨头里挤。"要是有一盆火或者一只燃烧的炉子!"她在凳子上躺下,想努力地睡着,但是严寒马上又迫使她重新哆哆嗦嗦地站起来。

"到外面走走会暖和一些。"男人喃喃地说。

女人想了想。两人从古房里出来,在野草和嶙峋的小石头空隙中走着,时不时被石头硌得龇牙咧嘴。寒风刺得二人的肩膀彻骨地发痛。她浑身颤抖起来,忧愁地在石头与枯草之间徘徊,无论哪里,她发现都一样的寒冷。

"能说说你以前的事吗?"流浪汉转过脸来对着女人。

不知为什么,女人突然却哭起来。哭声淹没在野草的响声中。哭声压抑地传出去,仿佛在一种深的模糊的世界里摇来摇去。

女人说,她念书的时节,学习不差。初中三年级那年由于家里穷，父亲要她和邻近村子里的一个男人结婚。她抵死不从。但父亲已经花了人家的钱。父亲说你乖乖听话，一个女孩子念个啥书。他说，我让你识几个字已经不错了，咱们这里没有叫女娃念书的，没有，真的没有！只有我打破了纪录，让你读了书、识了字。他对妈妈说女孩子嘛，到时节都是旁人的人，书念成，领工资了，我又使唤不上一毛，还不是去养活旁人。说罢他就骑上摩托玩去了。然后便一天乃至两三天不见他的人影。她说父亲热爱赌博，也热爱打扮。家里无论怎么穷，父亲总是穿着休闲装，皮鞋擦得锃亮锃亮的，骑着摩托车穿梭在村子的土道上。父亲对他的朋友说，城里人穿的是西装，把脚抬起来道，我这不是西装起码也是革履。

女人说，那年暑假她没听父亲的话，依旧在为自己的学费而奔波。但跑了几天却一无所获。幸好上面要修一条公路经过村子，且村头的河面上必须得架一座桥。要修桥，需要大量的石头。外面拉石头也不方便，工头就发动全村男女老少到河湾里拾石头。拾到一方石头给十块钱。女人说，我几乎跑遍了那条河道的每一个角落。有些石头抱不动，就用绳子和撬杠设法弄到架子车上，然后拉到固定的点上，叫验收员来验收。她白天在火一样的太阳下拾，晚上借着月光拾，手也磨破了，脚也砸伤了。但她咬紧牙干，没有流一滴泪，心里反而更加兴奋。那一阵，每天晚上，总有一个弱不禁风的女孩，孤零零在空茫而有些恐怖的河道里拾石头。直到夜深人静，她还拉着架子车在四顾无援的河湾里艰难地走着。在不知不觉间，她似乎在抗争着什么。是什么却说不上来。但只是隐隐感到这抗争如这河湾里的风景一般苍凉寂静。

尽管整个暑假她都在拾石头。但还是没能挣够学费。她突然感到空山绝谷般的难言充盈在心底胸间。后来，她想起姨夫。姨夫心地善良，尤其知道她学习好，常把她作为教育娃娃的榜样。她翻越了一座山来到姨夫家借钱。姨夫一口答应了，让她先回去过两天他把钱送过来。于是她高高兴兴回家了。

女人说，姨夫来给她送钱的那天，她正好不在。钱被父亲接下了。父亲接钱的时候，给姨夫满口承诺要好好供养她上学。然而姨夫前脚刚走，父亲便后脚出门赌博去了，手里拿的赌注是姨夫借给她的学费。她回来的时候，父亲已经把她的学费输得一干二净。可是，父亲却一直隐瞒着姨夫借钱的事。这使她以为姨夫在那个假期一直没有来过她们家里。一转眼学校开学了，父亲也一再说他使唤了那家钱的人在催促婚事。她显得更加憔悴，面容像补缀在衣衫上压褶皱的一片碎布。又仿佛一只掉进陷阱的小羊羔，绝望而茫然。怎么形容呢？真的难以形容啊！

女人说，她眼睛哭肿了，嗓子哭干了要上学。可父亲不但不允，还抽了她一顿。那天晚上，妈妈搂着她孤零零的身子，陪她哭到天亮。第二天，父亲恰巧没在家。于是，娘儿两个只拿了几件旧衣裳，就起身走了。


流浪汉问："你们当时打算到哪儿？"

"不知道！走到哪儿算哪儿。"

流浪汉开始低头凝思。

女人说：

"我们走啊走，翻过一座山又一座山，走过一个村子又一个村子，乏了坐下歇一会儿，有时好几里地都不见人烟！"

"饿了呢？"

"有时吃沿途豆地里的豌豆角，还捋着吃绿麦子，渴了就喝山上的泉水。晚上，我们必须得赶到另一个村落，找家好心人住上一宿，第二天背上下一程的干粮再继续赶路。幸好是夏天！就这样我们一路走下去……"女人突然停下不说了，瞅着流浪汉只轻轻叹息一声。

流浪汉却接上问："后来怎么样了？"

"后来？后来我们走到一个叫兰州的地方。"

"说说到兰州前路上的事情！"他请求。

她说有一次天黑麻了，我们走进一个村子去投宿，问了几家人都说没地方住。并且这些人用异样的目光打量我们，仿佛我们不是正当的人。结果一直问到住在崖畔头顶一个约四十多的老光棍门前，我母亲问："掌柜的，有地方吗，我们站一晚上店？"他笑着说："我家里比较窄狭，你先到崖畔下面的村长家问问，他们家宽敞些。你可别说是我说的，如果人家不要，你们再上来成吗？我自己可以到牛槽里将就一晚上。"他不好意思地笑着说："你们莫不是'颠山'了吧？"娘儿俩也笑，母亲解释说："不是，不是，浪亲戚哩。"

女人说，这一带把从家里逃跑出来的人一律叫"颠山"，把走亲戚叫作"浪亲戚"。想想，倒也形象。"颠山"，大约含有因穷困或受挫折而离家出走，四处流浪之意。至少，精神上是在放逐和流亡。因为她们内心深处已经对这种逆来顺受毫无趣味的生活有了背叛的意图。人类对不幸的逃离情结是与生俱来的！

母女两个告别光棍来到村长家门口。村长两口子和女儿把她们领进家门。村长的女儿穿得十分干净，身上胖胖的，脸蛋圆圆的，也懂事，搀扶着妈妈的胳膊。村长胡子黑楂楂的，像一团黑云，问我们吃了吗。我们说没有。他便叫妻子和女儿擀了炕大的一张子面。端上来，她们两个一人吃了三碗一人吃了四碗。这一家伙把村长一家人吓得面面相觑，村长的女儿吐着舌头掩面而笑，她妈妈却轻轻用巴掌在她头上按了一下。她端了碗和碟子跑到厨房洗去了。

女人说，她们吃完饭后，村长开始问她们是从哪里来的。她母亲胡乱编了一个名字。村长的女人问她们到哪里去。她母亲说："我们那里这两年干旱，收成不好，就一路讨饭过来，打算投靠亲戚。"

"你们的亲戚莫不是在团庄吧？"村长的女人问。

"就是、就是。你咋知道？"她母亲顺上说。显然，母亲是在撒谎。但这也是为了能顺利走下去、走得远远的。倘若给人家说是颠了山，走不成不说，还怪丢人的！

"我猜测就是团庄嘛。"村长的女人说。

女人说，村长坐了片刻，独自去了，丢下村长的老婆和女儿同她们母女说话。村长的女人似乎对她妈妈很喜欢，亲昵地互相拉着手，好像要结成干姐妹似的。两个女人的话说得十分投机，直到夜深才带她们去厨房的炕上歇息。炕上早已铺好了被褥，一律是新的，又绵软又暖和。睡在这么舒坦温馨的炕上，反使她们难以安眠，怎么也睡不着。夜是那么静，静得好像这个世界只剩下她们母女两个，淡淡的凄凉和伤心。恐慌、孤单、寂寞。偶尔传来狗的吠声，狗吠声似乎很空茫，使人觉得吠声是从虚无缥缈处传来的，碎了这夜。但你却说不清这凄凉、伤心、孤单和寂寞从什么地方来的。它们只是怪怪的似什么东西挠着人的心和肠子。

鸡叫二遍的时候，她打算出去上厕所，一拉门，才发现门反锁着。她重新爬回被窝，却听见母亲重重地叹息，才知道母亲一直是醒着的！

第二天吃过早饭，背上干粮，母女谢过村长一家就上路了。当她们沿一条相反的路走掉时，村长的女儿和老婆嚷嚷起来说："错了、错了，团庄不是朝那边走的，是往这里走的。"母女只是回过头笑笑，挥挥手，走了。村长的女儿和老婆疑惑地望着她们。村长自言自语地说："这两个人胡日鬼，不知是弄屎啥的！"

她和母亲听到了，只偷偷相视一笑。两人刚拐过一道十字山坡，望见昨日那个光棍像一棵摧残了的柳树。当她们走到他跟前时，这个人似乎有些遗憾地说："昨晚你们可睡得好啊？"

"好哩、好哩！"妈妈说。

女人说她当时抬头打量了他一眼，觉得这人傻乎乎的，有点悲哀，又有点可怜。她们已经走远，那光棍却依然久久地注视哩。

女人说："还有一回，我们借宿的那家有个姑娘刚刚订婚，我和妈妈在她们家住了两宿，帮她们家锄了两天洋芋地里的草。那姑娘和我形影不离。我们成了好朋友。她告诉我，她一点都不喜欢那个男孩子——鹅蛋头，眼睛像个杏核子从眼眶里就要跳出来，罗圈腿，简直能叫人憎恶死！但人家的大（父亲）是村长，她的父母一心想高攀人家，况且把她嫁给村长的儿子已经成了她父母的远大理想。她犟了几回，但毕竟胳膊拧不过大腿。"

女人说："我真想劝说那女子颠山，但觉得颠山真是很苦的，便打消了念头。我走的时候，那女子一直抱住我哭，嘴里喊着'姐姐、姐姐，你几时来看我呀'！当时我的心都碎了。我说我会来看你的。当我走到大门口时，那女子把订婚时人家送的一对红花儿给了我一朵，插在我的头上。我没有什么送她，就给了她一双扎头发的皮筋儿。"

"那女子现在过得好吗？"流浪汉似乎惦记着那女子以后的

命运。

"谁晓得呢！我们以后再也没见过面。"女人叹息说，"但愿一切都能好起来！"

两个人开始缄默着。

一会儿，流浪汉先开了口："那后来怎么样了？"

"我们走啊走，鞋子都走破了，终于走到了有楼房、商店、柏油马路的地方，一打听，才知是到了兰州。"她喃喃地说，"这是我第一次看见城市。原来我以为城市是砖头砌的墙垛子把一块空地圈成一个方方正正的圈儿，把人圈在这个圈儿里便是个城。没想到，城是这样子的！"

"不过也就是那样。"流浪汉说。

女人若有所思，说："在兰州，我和妈妈（我们那里人把父母不叫爹，也不叫娘，都叫妈或者妈妈，不过读音全是三声）都找上了工作：我在一家饭馆打杂，妈妈帮一个五十上下，殁了女人的半大老汉侍弄菜园子——主要是锄草、施肥、浇水、搭架一系列活计。大伯园子里的蔬菜主要有白菜、菜花、萝卜、黄瓜、洋葱、西红柿、辣椒等等，旁边是向日葵和玉米。我妈的活干得很出色，经常受到大伯的夸奖，说她吃苦耐劳、细心、贤惠，特别是夸奖她会心疼和体贴园子里的蔬菜。我妈除了侍弄园子之外，还帮大伯洗衣、做饭、缝缝补补。大伯也仿佛一下子年轻了好多。从我所在的饭馆到我妈所在的菜园大约有十华里路程。有次我向老板娘请假去我妈那里，走进园子时，四周鸦雀无声，一派寂静。当我接近园子那间草棚，听见低微的谈话。他们谈什么我有些听不大仔细，但我妈时不时发出轻轻的笑声。妈妈从未这么开心地笑过。我突然觉得感激和轻松。我怀着好奇心情，蹑手蹑脚走到草棚口：大伯手中的萝卜由一只刹那变成三只。太奇妙了！他在给妈妈要把戏。那件充当道具的衣衫像西班牙斗牛士的斗牛布一样在大伯手中翻飞。大伯突然看见了我，窘得面红耳赤，萝卜也掉下来满地乱滚。妈妈也似乎有些不大好意思，叫我赶紧进来。大伯说你们母女谈，便独自出去了。我和妈妈说了一阵话，妈妈问我干的活计怎么样。我说还行。妈妈叫我干活时要踏实，说活计不好寻，小心人家不要了。我点点头，问她这里怎么样。她告诉我还过得去。我揶揄妈妈，'可要巴结好园主呀，小心人家炒你的鱿鱼！'妈妈说，'小嫁汉，出门才几天就学得油腔滑调的。'轻轻踢了我一脚，面挂微笑。"

流浪汉希望什么似的说："你应该藏在暗处慢慢观察他们……"

女人瞥了他一眼，沉默了。

他呆呆坐着。黑暗中看不清他的脸色，显得可怜巴巴。他迟疑着，站起来拾起一块石头用力抛向黑夜的深处。"这个女人……"一丝羞耻感慢慢浮上流浪汉的脸孔。他抬起目光，天空澄澈。一颗星儿在凝望着他。女人也在凝望着。他纳下了头。

风吹草棵声息了，只剩下更深邃广阔的寂静。

女人和流浪汉裹紧衣衫，依偎在铁轨旁边一簇蒿草的凹陷处休息了。

天地一片漆黑。一股刺骨的寒气悄没声息地浸入骨头。

她一动不动地坐着，睁着眼睛。

流浪汉似乎向她轻轻一靠：大概也睡不着。

"把你的故事讲完嘛？"他侧过脸去。

"我讲哪儿啦？"

"你妈妈和那个老头……"

她瞥了他一眼。她说有一回我试探性对妈妈讲，"大伯人挺好的，跟了他吧"。女人说她还给妈妈讲了一套理由，说倘若跟了大伯，我们就可以有一个很大的园子，再也不用回家受父亲的气了。妈妈也说："你大伯倒是曾真的问过我，说这园子以后就是咱一家人的了，说你也以后不用再去饭馆里打工了。但被我拒绝，你想，那怎么成呢，你父亲再不好，可他是你的父亲你妈妈的男人啊！"

女人说，尽管父亲不务正业，动不动就打骂妈妈。但妈妈依然想着父亲。这让她多少对妈妈有些迁怒，同时又暗暗佩服。她说她妈妈是中国典型的农村妇女，无论丈夫对错，都从一而终。她说她知道妈妈迟早是要回家的。

"妈妈回家是迟早的事。"女人说，"先是我这里出了点事——我砍了我的老板一刀。事情是这样：由于我这里距离妈妈那儿有一段路程，每天回到妈妈那里显然不可能。饭馆老板对我讲，饭馆关门时都快半夜了，走什么走，再说走夜路也怪危险的，倘若有个一差二错，叫我怎么向你母亲交代，我看你就睡在咱饭馆里吧。老板四十岁左右，人看着正派，话也少。他一向严肃，仿佛对女性很冷漠，看见漂亮女人从面前走过去，就会把头勾得低低的躲开去。老板开口讲话，总是和和气气的。他长着一张慈祥至极、十分感人的面孔。有一天晚上，外面下着瓢泼大雨，我一个人睡在饭馆里。风雨声一时比一时紧迫，饭馆里显得异样孤寂，空落落的。我紧皱双眉，心情十分沉重。这时饭馆的门小心地响起来，然后传来老板的声音，'开开门，快开开门'。

"饭馆下班后老板和老板娘一起回了家，他又来做什么？

"我却没有想那么多。

"老板说，'我来拿一疙瘩肉，家里来了几个朋友。'

"我立时披了衣裳开了门。老板进去后，一面擦着脸上的雨水，一面叫我把门赶紧关上，说外面的风雨挺大。我关上门。老板却没有走的意思。一会儿，老板说他要和我搞个研究。老板说得我的脸红了，胸口扑扑地跳。'只要你我搞个研究，我给你买一栋房子，把你妈妈接来也叫享一享福。'我似乎明白了老板他要研究什么。我不能叫他研究的。他有妻子儿女。倘若我不给他研究会怎么样呢？他肯定会说我偷了他家的东西，或者说我不好好干活。有钱人大都是这样对付没钱人的。我把脸孔慢慢转过去。'别害了我，我还小，你回去吧！'我说，'老板娘要是看见，会打我的。'老板胳膊从我身后穿过来，紧紧握住我的乳房胡言乱语，嘴里发出骚羊般的哼哼。他把我的乳房揉来揉去。他还把一张脸埋在我的脖子里哼哼叽叽的。他开始把我往床跟前推。我莫名害怕。我想老板一定欺负过很多女人。"她继续说：

"我忽然觉得老板的面目很狰狞。真的！老板很有深意地吐出猩红的舌头。我不禁一阵恶心和恐惧。趁其不备，我挣脱老板的手，逃进灶房。老板紧跟过来。我看见案板上的菜刀，先是一怔，随之就顺手抄起。我叫老板别过来。他却把脑袋伸过来，仿佛在嘲讽：你砍、你砍！我哪里敢。老板贪婪地笑着，双手又去抓我的乳峰。我向旁边一闪，菜刀的刀刃却触在老板手上，血流如注。

"我赶紧弃刀逃跑。要不是老板娘对我的行为推崇备至和大加赞扬，并护送我逃跑，我怕是钻进老鼠洞也逃不掉老板的魔爪。我跑到大伯的园子里找妈妈。园子里的一切都沐浴在阳光下，和谐而安详，像是一个人在那里闭目养神。这里连尘土也是那样宁静。蔬菜旁边的向日葵，叶子婆娑。偶尔有使叶子轻轻摇曳的微风。我透过一片片向日葵叶子和玉米叶子，望见妈妈和大伯正在给韭菜浇水。妈妈和大伯在一大片绿色中缓缓地穿行，显得恬淡而美好。我被那一幅景色感动得忘掉了世上的痛苦，忘掉了'颠山'的辛酸。后来，妈妈仿佛是累了，倚坐在向日葵下面睡着了。一会儿，大伯走过去，劈了两片向日葵叶子驱赶着围在妈妈身边骚扰的苍蝇。炎热的阳光也开始洒在妈妈微微通红的脸上。太阳仿佛在跟大伯作对似的。大伯就用一只手里的叶子驱赶苍蝇，另一只手里的叶子挡住火红的阳光。那样子仿佛在呵护一个婴儿。我痴迷地望着，渐渐地就睡着了。醒来的时候，我的脸上盖着两片向日葵叶子。第二天，妈妈领我前脚刚走，我的老板带人后脚就追来了。"

"你们回家了吗？"流浪汉问。

"我们先到我大姐的家里。大姐给父亲捎了话，父亲就把我们接回家了。"

"这下你父亲怕是要对你们好了！"

"就好了几天，便和以前一样了。"女人说，"他还是把我嫁给了那个我不愿意的人。我只有听天由命了。我想着，只要男人对我好，我就好好过下去算了。可不想我男人他经常追究我'颠山'的事，说着说着就打我。还说我颠山的目的是为了想当妓女。我忍气吞声不跟他说，他却以为我被他说中了，更加不依不饶。他不叫我跟任何男人说话，每次出门，就把我跟犯人一样锁在家里。有一次，他表弟偷了家里几个鸡蛋从墙上翻进来叫我给他煮。叫我男人正好撞上了。那孩子尚不懂事，可我男人要我老实交代。我说什么他都不相信。他叫我赌咒发誓。后来，他非叫我承认不可，好像我承认了他才会心安理得。倘若我不承认他就要用绳子把我勒死。他说不承认怎么都不行，只要承认了，他看作初犯会原谅我、宽恕我的。"

"你承认了吗？"流浪汉很气愤。

"承认了。我一承认，他的脸上便洋溢着得意，认为我犯了什么错误他都能知道，都逃不过他的聪明和雪亮的眼睛。他胜利地挥舞着拳头叫我写保证念给他听。他一字不识，但可会折磨人了。我念着写好的保证：如果以后再犯，就被他赶走。他说不行，再犯就跳到水坝里淹死。我照着他说的又重写了一遍，他方才罢休。可是后来，他动不动就把这张纸条拿出来，百般侮辱我、打骂我，还把它公之于众，好像他的手中抓到了我的致命的把柄，想怎么我就怎么我。我真不想活了，但是我的孩子来到了世上。我想，有了孩子他大约会好些吧。可他却又开始怀疑孩子不是他的是别人的。他把瓶子打碎铺在炕上，叫我脱掉衣裳睡在上面，然后用皮带抽打我的身子。我只有在破碎的玻璃上滚来滚去的份儿。过不下去了，真的过不下去了，我还是念过书的人都不能自主。说不成呐！"

"你就这样颠山逃出来了吗？"

女人重重点点头。

"那孩子呢？"

"殁了，高烧烧坏的。我叫我男人去看，他不肯，说孩子睡一觉就会好的，还说又不是他的孩子，看啥嘛。等我赶到乡卫生院……就迟了一步！"

"你怎么不去告他不和他离婚？没法律吗？"

"没人管。法律是为有钱人服务的，谁有钱有势谁就是法律！"

流浪汉揪着头发。

"那你就只有逃了，躲一天是一天。"流浪汉说，"我虽然没吃没穿，没有房子，但我很自在。老实讲，我比许多人都自在。我尽管也常常受气，但我却不受任何人的管束！"

她什么话也没说，只是仔细想着流浪汉的话。

……

半夜里，火车来了。这是一趟开往远方的过路车。

# 法图梅

　　法图梅，生得水灵灵的，初中毕业，在村子里待了一年，闷得慌，便想去水城闯一闯。父母亲坚决不同意，村子里的年龄相仿的姐妹也纷纷劝说，一个丫头乱跑什么呀，跑丢了叫人嚼舌头当个笑话儿。

　　老实讲，村子里的丫头还没有几个离家出走过的，她们一到婚娶下嫁的年龄，不是就地找个人家，就是从山这边嫁到山那边去了。这都已经成为村子里丫头的习惯归宿。

　　可是，法图梅这个女子性子烈，不听劝告，还是义无反顾地搭上一辆过路的车走了，她要成为这村子里带头进城谋生的姑娘。

　　就这样法图梅进了城！

　　在美丽的水城，法图梅漂泊流浪了近半个月。

　　这天，法图梅突然脸色苍白，神情沮丧，从老板的房子里走出来。她的嗓子里感到憋闷、委屈，心里说不出来的羞愤，真想找个地方哭一场。大街上，阳光毒辣地炙烤着灰黑的沥青路面。她的额头，那豆子大的汗珠啪啦、啪啦掉落在街旁坚硬如铁的水泥台阶上，倏忽又蒸发掉了。大家猜猜，法图梅到底是怎么啦？原来，她刚刚被老板炒了鱿鱼。因为老板说，她不够听话。

　　耳边，老板细声细气的鸭嗓门还在回响：

"想好了没？想好了就照我说的做！"老板有一头染过的黑发，身躯硕大无朋，胖得出奇，穿一件昂贵的夹克衫。这样沉重的身子不小心会把女人的骨头压碎。他的头发，实质上全部白了，可是，染得很黑，一个月差不多要染上两次多。而来自乡村的法图梅，她的一切都是自然给予和本真的，那绸缎或者珍珠般乌黑的头发，在她单薄的肩上泛着一丝柔和的光泽。这美丽，慢慢地，让老板感到纠结，异样地折磨。

可法图梅头也没回，向着豪华气派的大楼外面，决绝地走去。之前，老板要安排她和他的一个重要客户去一道吃饭、一道跳舞，然后夜里陪着睡个觉。这事情，在水城的一些公司里是常有的，没什么奇怪。是的，这种安排谁也不认为有什么不对。

可是，法图梅大眼圆睁，瞪了一下那张肥厚而不知羞愧的脸。老板倒挺认真的，表情严肃，泰然自若的样子，说："这月的工资好好给你加一加。另外人家还有小费，不会叫你吃亏的！"

但是，这把法图梅吓得浑身哆嗦，脊背渗出一层冷汗。心里面顿时乱了。记得刚来水城找工作时，她处处碰壁。最后，当她怀着胆怯，羞惭地站在这位老板的门边上时，眼泪禁不住淌下来了，她可怜巴巴地望着这个眼睛很小，身量很重的男人。老板一双小老鼠眼睛贼亮，主动打招呼的，并审视着她约有十五秒钟，然后，示意她坐在面前的沙发上。接下来，一切天遂人愿：老板留下了她，给她的工作是每天打扫他的办公室，然后给他打打水，沏沏茶什么的。

第二天，老板亲自带她去买衣服。这在以前，是从来没有过的。老板给她选衣服的颜色和款式，选好了就叫她统统换上，并让她把那些从乡下穿来的，土气、破烂的旧衣服全部扔进垃圾箱去。

法图梅真有点舍不得呢，把旧衣服装在塑料袋子里，准备找个地方放起来。但老板说，旧的东西到了扔的时间就要下决心扔掉，老是死守那些旧的，就会落伍，人落伍了就会让人瞧不起，就要挨打和受人欺负。他煞有介事地要来她的旧衣服丢进了商场门前的垃圾桶，说穿戴破烂了，狗都见了躲呢！

老板让法图梅的美彻底显现了出来，有棱有角，有模有样，跟城里的姑娘无法分辨，把该展示的地方都可劲儿露出来，展示给大家。当法图梅焕然一新，凹凸分明，微红了脸腼颜地转过身，立在老板面前的时候，老板大吃一惊，吸一口气，怔怔地看啊看，竟然高兴得说不出话来，他这才知道，乡下美女的美以前都是藏着的啊！心里赞叹着，喜悦就像浪花一样微微掠过心尖。同时，又有一种隐隐的煮熟的鸭子怕飞了的担心。

过了不久，有一天老板忽然让法图梅陪他到外面应酬，接待客人什么的。老板那旧金山绅士式的风度、能力，以及慷慨平和，均都深深打动了法图梅。她回想起从乡下刚来水城临时打工的餐厅和洗头城，同行的姐妹都把她防着。她委屈得哭过。而这一位老板竟对她如此信任，让她舒心工作，她真是怀了一丝感激的；真是想对他诉说一些心里的话！她甚至悄悄地思忖，如果老板是她的家人，那该多好啊！

今天，老板叫法图梅去维多利亚宾馆，她有些紧张。当然，她没想到老板的安排竟然让她无法忍受。她异常气愤，一股莽撞劲儿上来了，骂了一句：无耻！其实，遇上这样的事情应该多多克制自己的情绪，要么委曲求全，要么委婉拒绝。可是她没能忍住，她还不会圆滑世故，她把不满全表现在脸上了，还骂了人家说：

"无耻！"

哈哈，她竟然这么骂人家。

想想这话实在是重了些。

瞧瞧人家老板，就是见过大世面，大人不记小人过，他并没有发火，依旧风度翩翩地说："别生气嘛，想好了再决定嘛！"

法图梅真是极其倔强，勾下头，咬咬嘴唇，一扭身走出那豪华的大楼。她真想连身上的衣服也脱下来，扔给他。但一想自己又不是白白穿他的，那是辛辛苦苦劳动换来的。这样一想，心里就平衡了，但是更加难过、屈辱，责怪自己不该轻信别人，差点上了当。她飞也似的逃出大楼，穿过车水马龙的水城大街，走上人行道。她的步子显得沉重异常。但柔韧的身躯传达出少女的光彩。她天生的柔韧身材。柔韧和娇柔是不一样的，柔韧使得身体更显得紧密而富有弹性，也更加富于活力和自然的气息，接近泥土芬芳。不像娇柔，养在深闺，妩媚，但却害怕经见风霜。而沙沟走出来的法图梅，没办法，就连眸子都带着一股柔韧，这柔韧里散发着山野的孤傲。

对法图梅而言，这一切，这天然的纯净，都朴素地照亮了她。她的个头也特高，并没有被日子压垮。她差不多有一米八左右，标致得叫那些看见她的水城丫头嫉妒和难受，把脸深深地纳下来。她的身段以及模样，那是绝对地赢人！

法图梅继续走着，她瞥见街道旁一家出售乐器的店铺，里面有一个留着一撮绿色头发，看起来干瘦干瘦，如同抽过大烟，显得时髦的架子鼓手——暂且把他称为鼓手——或许是个下三烂什么的，也未可知。鼓手紧闭着一双桃核眼睛，连嘴唇似乎都在想着给他的鼓点施加感染观众的力气——所以使劲歪在一边，紧紧地报着。鼓手深情地挥舞着手中的木头棒子，头颅时不时像惊诧的马一样，猛然向后或者说向上一扬，向上一扬，然后头颅点屁股晃得极忙。他完全沉浸在自己创造的自我感觉良好的伟大的奇迹里。

法图梅此时的心里乱乱的，简直糟透了。因为她刚把饭碗丢了。她希望自己尽快有新的工作，好忘掉这烦恼。此时，鼓手正从自己那半开半闭，被汗水模糊了视线的眼睛缝里窥视着她。这炎热的城市！她在心里嗔道。天着实热。那鼓手兴许因为法图梅的注视，神情显得更加激昂和兴奋，手开始痉挛地抖，神经质的，电击一样猛烈地颤动着，击打出稠密的鼓点：

咚咚咚咚咚咚咚……

那鼓点的声音把人能吵死，叫迷茫的法图梅心里愈益不安。鼓手的姿势一望而知，那是多么得意和具有优越感的姿势呀。那是高高在上，藐视天下的架势。这让她的心里又多了一丝卑微。绝的是，那鼓手头上的一撮被什么颜料染过的绿毛，一上一下，一上一下，节奏感强烈无比地摇晃个不休。美丽丫头觉得那绿毛的声音"唰啦、唰啦、唰啦"地在打着拍子，仿佛在以《阿里巴巴》那首歌曲的音调，对她说：芝麻、芝麻、芝麻，脱吧、脱吧、脱吧！

她真是说不出的难过。

只是幸亏他击打的鼓点声，把他那绿头发发出的声音给掩盖住了。当然，倘若您仔细瞧，觉得那绿色的头发已经进入到一种发疯的癫狂的忘我状态。法图梅想，如果这个鼓手被邀去演出，结果备受冷落，那么，他头上的那撮绿颜色的毛一定会非常凄凉吧！

法图梅继续向前走着，她想不明白，鼓手为何要把自己的身体弄出一点新鲜的花样或制造出一些特异来呢？这样弄得离奇和仿佛是从另一个星球上来的，他方才善罢甘休！老板曾告诉她说："这些人，和我们这一代人观念又不一样，我们喜欢享受，喜欢实实在在的掠夺，但像鼓手这样的年轻娃娃，他们又是一类，他们文身染发，这就是他们心里美的标准！"

是的，在这城市里，每个人都有自己的活法。但是，当一个人的心灵受了伤害，即使是那些最平凡的、司空见惯的事物，也都会令人感到莫名其妙和诧异。

法图梅回头看见鼓手的眼睛闭得更紧了，木棒没命地砸在鼓上。在水城，除了老板这样藐视一切，希望手下无条件执行他的意志的人之外，这鼓手，他就是活在他击打出的鼓声中的哦。

啊，这水城确实五花八门，什么事和什么人都可能会遇上！在这城市里，集中了官员、大老板、大商人；也集中了巨大的工薪阶层——各行各业的手工业者、店员、商人、小贩、肉体的出卖者、游民、官员的手下，以及庄稼不成而流入城市的农民和打工人员。法图梅漫无目的地继续向前走着。鼓点被她抛在了身后。

这一次，法图梅走了好远一段。她的脚丫子因为走路而觉得有点出汗。眼下，太阳的温度在暗暗升高，路旁的一枚枚树叶被晒得蜷起身子，变成加工后的茶叶蛋形状。城市就是一个加工厂，把一种形状加工成另一种形状。甚至可以把一个清纯小丫头加工成为一个大姑娘，抑或加工成一个放浪形骸的婊子或泼妇，也还可能加工成一个有钱人的小三，或者低三下四的奴婢。

游走在水城街头的走失的狗吐出猩红的舌头，嘴里发出呼噜、呼噜的声音。给马路降温的水车向两边喷出巨大的气雾和水珠，把人的脸都弄得湿湿的。

太阳恶毒地炙烤着水城的一草一木。法图梅突然向往记忆里的一个镜头：银色的冬天，荒僻的村子，一家人围坐在土炕上，一起吃煮土豆。诗意。浪漫。温馨。简直绝妙极啦！黄泥小屋门口挂着一把干白菜叶子；墙皮被风雨吹打得斑斑驳驳，记载着岁月的沧桑。一种原始而简单的和谐充溢心间。

法图梅感到身体有些短暂的疲惫、麻木，试图想忘却一切。那令人头晕目眩，使人胸闷窒息的太阳，释放出一阵更是一阵的热！沸腾的热浪在城市四周激荡着。人呼出的气，车辆呼出的气，各种钢铁、水泥和机器呼出的热气汇集成一股滚滚的热浪，这酷热水城市！法图梅感到一阵心烦意乱。

天空热得几欲释放出灰白的色调。路旁那些密密层层的楼房，坚硬的墙皮的色彩都已开始脱落、剥离。法图梅孤寂地走在水城街上。她突然望见路边有个名字叫人生如梦的水吧。她想：从前，小时候，人没有一点点忧愁；长大了，苦恼惆怅却多起来。小时候总是梦想未来，而历经挫折与坎坷，便总是回首往事。她犹豫了一下，急速跨过人行道，趄身子钻进了水吧。

法图梅独自坐在水吧一个包厢的茶几前，勾着头。四壁看不见窗户。整个水吧显得那么昏暗、窒闷。空气中弥漫着一种香水和各种饮料混合的味道。蜡烛搁置在壁台上，紧紧挨着花格子丝绵的墙壁。她想：这里的老板也太大意了，倘使不小心会引起火灾的。或许，人家要的就是这样的效果。一切都不必担心。那墙壁，业已被蜡烛的烟熏出来一道道巴掌宽的痕迹。

一个戴着浅蓝色帽子的小伙子跑过来，问法图梅喝点什么。坐在这里，总得要点什么，她心里说。于是，任意要了一杯橙汁。她抿了一小口，又轻轻地搁置在茶几上。

包厢内，那曾经坐过许多人的沙发，已被压得塌陷、变形、松松垮垮；法图梅低头看看沙发表层，由于身子下面光线暗淡，看不清沙发布的颜色。只是手指抚摩上，感觉粗糙和僵硬。燃烧的红蜡烛在法图梅眼前的茶几上发出一丝愁愁的光。红色的蜡烛熔化后滑落下来，流淌到茶几上，凝成一个红色明亮的晶体。她用指甲把那晶体轻轻地划开，切割成两座微小的山峰。接着，又把它们用食指揉捏在一起，做成某些农村记忆中的物体的形状。

这里面的人，一个个形态各异，或谈笑或自斟自饮。

法图梅紧靠着沙发，闭上眼睛，疲倦使她腿肚子酸软，没有一点力气。她睁开眼，朝包厢外面望去，看见一青年静静地蜷缩在一个包厢的角落，他侧着身子，手掌支撑着下巴，脸孔黯淡，在想着什么。在想什么呢？也可能是想着一张票子，或者一个庸俗的女人！

谁知道呢！

令法图梅奇怪的是，在这个名字叫人生如梦的水吧，大家不再感到城市紧张的节奏和步伐。在这里，神经不由自主放松了。她回顾一下四周，里面显得浑浑噩噩，人们的脸庞都带着一些说不清的晦暗和怪诞。有的人抽着香烟，女人嘴巴的雪茄比男人的更粗。仔细听，还听见如泣如诉的音乐。这样的音乐她从来没有听过，可能是国外的。人们的眼睛里没有多少光彩，忧郁不堪，显得那么悲与哀。还有，大家都异样消瘦，脸上刀子削的一般。压抑的气氛。缭绕的烟雾。刀刻的脸庞。忧郁的眼神。悲伤的音乐。这一切让人头发根一点点地竖立，腿子战抖，心中惧怕。法图梅几乎抑制不住自己的情绪，突然感到心里脆弱、伤感、无依。她想美美地放声大哭。她觉得自己的脸孔也和旁的人一样鬼魅。这时候，仿佛有人从茶几下面钻出来，绕到她的耳边说，"脱吧、脱吧"！她想努力看清这声音是谁。可是却怎么也找不到。她就是看不到这声音的出处。她渐渐感到软弱、卑怯和没有力量。她想集中注意力。然而，周围形成的一种强烈的左右她的磁场，引导她的思维去她不愿意的地方。这很头疼！一会儿，她觉得她已经完全失去了自控的能力，精神涣散和错乱，再也没办法把握和克制自己的情绪，任由一种外在的力量掌握了她。于是，她便不由自主地啜泣起来！

人们也并没有因为她的哭泣而去理睬她、安慰她，似乎觉得这一切都很正常。

大家依旧显得那么漠然，自行其是。

法图梅咬紧了嘴唇，希望自己能停止哭泣，坚强起来。

但是，她却没一点办法战胜这卑怯的懦弱。

这时，茶几上有一根蜡烛被她用胳膊推了一下，"啪"地翻倒，吓了她一跳。有一个女人——在她的感觉里——从法图梅的身边经过，怒视着她。

这像先前那个在桌子底下钻出来叫她"脱吧、脱吧"的女人。

可那声音吓了法图梅，令她惶恐不安，并抑制了她的哭泣。

她马上从裤兜里掏出叠好的手绢，揩了脸上的泪水，朝四下里看了看：包厢和摆放茶几的角落，三三两两的人依旧在昏暗的蜡烛光下，喝酒、聊天。远处显得神秘。能听见有人在玩扑克，也有的在摇"三个那个"——输的一方喝酒，或者喝别的什么饮料。这里面坐着的，大部分都是一些水城的漂者，你从那深陷的眼窝和苍白的脸孔可以认出。卑怯无依的生命，在这里才能够找到属于自己的一席之地吗？

正在这当儿，一个表情下流的中年男子站在法图梅的包厢跟前，一只手里端着半杯子啤酒，另一只手里拿一根冰激凌搁在嘴巴里嘬。舌头慢慢地舔冰激凌上的奶珠子。他眯缝着一双诡异的眼，一眨不眨望着法图梅，那贪婪且病态的舌头，在冰激凌上花样翻新地游动。法图梅斜着眼瞧他，感到他那淫荡的、迅速瞟过来的目光正盯在她的胸脯上。不远处有人被那男子的行为逗得发出会心的笑。在黑乎乎的水吧深处，有人非常快地低声说："接个吻吧！"她不敢抬眼看。只是鼻孔里飘入那男子浸透衬衫的啤酒气味。恐惧攫住了她的心，手掌顿时流出许多细微的汗珠。她丢下饮料钱，飞一般跑出水吧。

法图梅又一次来到大街上，惊惶失措地向前紧走几步，回头望了一眼，街道旁的水吧一家连着一家，却不见了人生如梦的水吧。她有些纳闷：一场噩梦！人生的路就是一场梦的历程，不知道再向前走下去会遇到什么。

"谁晓得呢。"她在心里愤愤地说，"反正，在这城市里有可能什么都会遇上！"

法图梅向右一转，拐到另一条街上，继续默默地向前走，直到道路旁边的楼房墙壁上一张白纸上的招聘启事映入她的眼帘。一家花店在招收店员。她依照招聘启事上的地址找到了那家花店。花店的老板娘是一位梳着波浪式发型的中年妇女，对法图梅说："我的店里正缺一名女店员，你愿意就来。我们都是实在人，不坑人不骗人。工资一月一发，绝不拖欠。只要你给我好好干，我不会亏待你的。"

天无绝人之路，法图梅不禁心里一热一热的，说愿意干这份工作。

花店的门面并不大，里面摆满了各种各样的花。康乃馨、月季、车前菊、勿忘我等等，都静静摆在花店的长桌上，等待人们来订购。

那女人真是三句不离本行，一张口就是关于花的学问和知识：

花是生命的象征，是美的代词，情的寄托，等等。她给法图梅说，在不同的场合给人送花应有不同的选择，赠给新娘子的花当然要配合新娘的衣裳。

花店里还有一个容貌姣好的水城女子。法图梅的工作就是和这个水城女子轮流看花店，并给订购的顾客送花。

晚上，法图梅睡在花店帘子后面的一张小钢丝床上。一切都很好。一时间，来自乡下的法图梅感到轻松了许多，生活似乎重新开始，一切又有了希望。但是，那个面容漂亮的水城女子老是拿鄙夷的眼光看着她，并用一种咄咄逼人的目光瞧着她的全身，似乎心里暗暗责备法图梅的白皙、丰满、干净，头发乌黑光滑，责备她那一双星星一样眨巴的无辜的大眼睛。只要老板娘稍微给法图梅一点好脸色，那水城的女子就变得很痛苦似的。

有一次，法图梅去给一个五十多岁的老头送一束花。她像往常那样，按门铃进去，那老头竟从门后面突然窜出来，一把抱住她。法图梅吓得面如土色，竭力推开老头，扔下花转身就逃。老头又一把拽住她的胳膊不松，说可以给她很多钱的，说他不缺钱，缺的就是欢乐。他的欢乐到哪儿去了呢？法图梅想。

又是一个寻找欢乐的人！

法图梅挣脱后逃出来走在街上时，心里感到阵阵的痛。刚才老头张开的嘴巴，那布满了铁锈般污垢的假牙齿上面，发出纸烟屎的恶臭味，令她的心口发紧，头都发晕了。老是这样，生活一会儿闪现出一线希望，一会儿又狂风大作的海洋一样汹涌澎湃。法图梅的眼睛里顿时被恐惧包裹，但她又觉得她能对付了那个老头。她还暗暗比画着，只要照准他的假牙用手掌这么猛然向上一顶——就能把他害的病治好！她下意识地手掌朝上一抬。哈哈。

回到花店，那个女子，知道发生什么的样子，一副幸灾乐祸的表情，并带着嘲讽的眼神说："你把花送到人家手上了吗？"

法图梅默然不语，皱着眉头，最后又不得不说"是的"！她看到那女子转过脸去，似笑非笑，就像是说，"装什么正经，不也是个脱派嘛"！这趟差事，本来是由水城女子联系送的，可她说身体有点不舒服，叫法图梅去。

"我今天差点倒了霉！"法图梅还是坦率地说。

"为什么？"那女子故作讶异地问，眼睛里流淌着快乐：真是幸事，实现了她昨天夜里祈祷时的愿望。

法图梅哭了起来，只是摇摇头没说什么。

水城女子佯装关切："怎么啦，谁欺负你了吗？要想开一点儿！"她希望能从法图梅的口里掏出一些细节。

"越是在逆境中越要挺住和坚强。"法图梅在心里对自己说。她觉得自己比刚来水城时好多了，一切都好多了，都在向好的方面发展：遇到事情不再表现得惊惶失措，垂头丧气；还有，心里也不再如刚来的时节那么空落落的了。记得刚来，莫名的孤独、凄惶，像把什么东西丢了那么难过，特别想家。现在好多了。但是，今天这个老头，让她想起炒她鱿鱼的那个老板，想起那天开导她的话："别说是人，连那牛马和飞禽走兽都知道高兴和欢乐。你瞧见那些小鸟没有，当一只小鸟爬在另一只小鸟的背上，翅膀啪啪啪，扑打个不休时，是多么快活高兴呐！"老板用两手做了一个很大的夸赞，又向外扩展开去。这个人，没有因为自己的话感到难堪，而是做出严肃、冷峻、深思的面容，并像往常对待工作一样坚持自己的意见。

说到小鸟和动物，法图梅便想起水城的狗来，大大小小，品种齐全、形态各异，看得人眼花缭乱。而且，狗的主人把自己的狗一律心疼地叫：儿子，或者小宝贝！法图梅送花的时候，常常要经过一个风景怡人的园子，园子里带狗的人不胜枚举。所有的狗有如一群欢快的少男少女，或吵吵嚷嚷，或奔跑，或尖叫，或把鼻子伸到别人的腿上嗅闻，欢快地蹦跳着，摇头摆尾，一路小跑，显示自己多么漂亮：瞧瞧，只有城里的我们才会这么讨人喜欢啊！有的人，爱狗到了极点——对自己的父母恐怕也没那么照看过——还给穿上好看的衣裳。尤其是那些时尚的女郎给自己的公狗戴的小铃儿，把小母狗狗更是打扮得花枝招展，穿上华丽的肚兜，避免别的公狗来突然袭击或者骚扰。有时候，因为主人担心在大庭广众之下，自己的母狗狗被人家的公狗欺负，会令她们感到不快，或者尴尬。当然，也有一些领狗的男士故意让自己的公狗去追逐女主人们带的母狗。往往，由于季节的不对头，母狗往往自己会躲避异性，因此主人们不希望别人的公狗把自己的快乐建立在别人的狗狗的痛苦上。

有一次，法图梅看见一个在生活中似乎十分得意的男人的小狗，被另一个在生活中看样子辛酸狼狈的人的小狗给打败了，彻底打败了，一次又一次用肩膀撞翻在地。胜利者的主人真是眉开眼笑，乐得嘴巴歪在一边，仿佛终于有了复仇和扬眉吐气的机会；而那战败的狗的主人却沮丧了脸，颓废极了，似乎第一次尝到了失败的痛苦的滋味。

还有一位样子有点龌龊的男人，牵着一条和他自己的脸面有点相像的公狗——也许是由于长期在一起相互影响、相互渗透，经过潜移默化的缘故，使得他们的脸孔和长相显得一模一样，简直是一个模子倒出来的。那狗身上的毛，一点不光滑，也不舒展，跟男人身上皱巴巴的衣服差不多。如果他们的生活好一点的话——那邋遢、凌乱地纠缠在一起显得十分肮脏的狗毛早就该脱掉了；狗的脸孔上生出许多牛皮癣，看上去这儿一个白斑，那儿一个红疤痕，真是蠢兮兮的，又丑陋、又荒唐，看看狗脸，再看看人脸，人就会真的忍俊不禁。这些镜头让法图梅想起自己上初中时唯一读过的一部外国小说《局外人》里面的那个养狗的老头，他们仿佛同出一辙，一个是外国版的，一个是中国版的。真的，生活无国界啊！

一条不上档次的小公狗，正在追着一位雍容华贵的妇人的仪态万方的小母狗转圈儿。追着的时候，小母狗脖子里的小铃发出撩拨的纷乱的声响。那男人仿佛是故意诱导他的公狗去撵人家的漂亮的母狗。男人的浑身肮脏的狗的鼻子在那条名贵的小母狗一些不该嗅的地方一个劲儿地嗅闻，使得那个妇人很不满意，脸孔上写满了意见和懊恼。妇人牵着自己的母狗要走开去。

可是那男人的公狗却穷追不舍。

铃声更加纷乱了，洒了一路。

男人看看妇人的眼睛，便学电视上的外国人耸耸肩膀，做出莫可奈何的表情，但是你能看出他是多么得意和有意而为之啊！他们均都抓了自己的狗缰绳不放。女人的母狗走到哪里男人的小公狗就跟到那里。这样一来，女人走到哪里，男人就跟到哪里。

那贵妇人真是感到哭笑不得，有苦说不出。

实际上，每每男人的小狗有点厌倦时，那男人却表现出焦急不安的样子，不时有意识地抖动自己狗的绳索，鼓励他的狗做一点他所希冀的表现来，似乎狗达到的目的和所占到母狗的便宜的多少，就是他在那贵妇人身上达到的目的和所占到的便宜的多少。法图梅看到那男人满脸的情欲和淫秽的神情，跟一次夜间她穿过一条小巷子里遇见的一个男子的神情一模一样。记得那次，由于在一个灯光暗淡的小巷子里，那男子的面孔便看不很清，他从斜面陡然凑过来，呼着滚烫的热气，在她耳边低语着邪恶的话儿。荒唐、可恶的情形令法图梅羞红了脸，匆匆地跑了。她觉得这些男人有时候跟狗一样，不知害臊，用家乡的话说，就是不要一点脸，就是个赖皮！

谈房价、论宠物仿佛是城里的许多人一项津津乐道的工作。觉得只有他们才能够品出这里面的意思。那天，她回到花店，晚上又困又乏，就倒头和衣睡了，梦中看见一头大灰狼变成一个美貌的男子，坐在她床头给她讲关于一个爱情的传说。后来，美貌的男子开始唱起来了。月亮也徐徐地升上来，挂在窗户上。他歌唱的是一个乡村爱情的歌谣。因为法图梅是乡村来的。那歌谣中的故事，法图梅童年的时候，妈妈就已经讲过了。歌声清凉而悠扬，带点伤感：

　　红色马儿呀我的红马

　　锋利的匕首呀英武的哥哥

　　美丽的丫头

　　你高高挺拔的鼻子尖上挑着一颗太阳

　　那千年万年的眷恋和故事如一缕风

　　马儿呀马

　　丫头呀丫头

　　让我们脱开邪恶呀苦海

　　……

她醒来的时候，想起爸爸妈妈，想起村子里的伙伴。她收到过村子里同学的来信，说人们都在议论她，有的说她跟一个有钱的几乎能给她当爸爸的男人睡了觉；也有说她出入于一些灯红酒绿的地方和场所，说白了，就是陪客睡觉呗。

　　总之，村子里说什么的都有啊！甚至，有人还指责法图梅的父母亲，开口闭口：谁谁家的小娼妇呐！大部分人则是在讽刺、挖苦和嘲笑。

　　不说村子里的人吧。

　　还是说说法图梅，她在花店干了一个月，到发工资的时间，那女人给她粗略地算了一笔账——工资本来就低，最后竟然算得所剩无几。那女人口气还算是温和，说是法图梅打碎了她的一个暖瓶，而且作为店员，对花方面的知识那么生疏，外行得很，又住在她的花店里，如果她不让她住的话，在外面租房子多贵啊，得花费多少啊等等。

　　法图梅真是哑口无言。

　　第二天，法图梅自己把自己给炒鱿鱼了。那女人心有不甘，反复留法图梅："干得好好的，干吗走呢？我正准备给你加工资呢，还打算给你置买一身新衣裳呢。说老实话，在这城里，你能找一个像我这么干净、轻省的活计不容易呀！"

　　可法图梅还是走了，她对这城市已经有点熟悉，她去了一家饭馆端盘子，虽然活计脏点累点，但工资比花店稍微高了点。当然也高不到哪里去。但换个环境毕竟有点新鲜感。她还和饭馆里面的两个女孩合伙租了一间房子住下来。这里的老板和以前的那些老板一模一样，依旧说得天花乱坠的，说："我们的饭馆，到年终的福利奖金要成为这城里最好的！"老板的头向上扬着，骄傲得跟总统一样。法图梅已经变平静了、聪明了，她不再激动和兴奋，也不会随便就信以为真的，她明知道老板睁开了眼睛在说瞎话，但也心不在焉地附和着。因为她暂时要在这里安身了，人总得生活啊，等以后找到或者发现更好的去处，再离开这里。她想，在这么一个许多人看着极其美丽的城市里，有多少人想扎下脚，但都漂不了多久，就得奔向下一个地方，有些不得不奔回家乡。但是她现在渐渐地了解和熟悉了这个城市的脉搏，普通话也在长进——她想总会有一个自己满意的去处的；总有一天，她会在这人多如牛毛的城市开辟出一个自己的立足之地的。

日子又平淡地过了两个星期，也就是在这家饭馆里，就在端盘子、抹桌子的工作之余，法图梅认识了一个端盘子的男孩子，他的脑袋和鹅蛋一个形状，一脸麻子，说是出花痴的时候留下的可爱记号。他对自己的缺点毫无惭愧，反倒非常得意。经常拿自己的这些缺陷给别人取乐。渐渐，在法图梅面前取得了好感。他偶尔也到法图梅的住处去，给法图梅带点零碎的吃食什么的。

时间一长，法图梅就喜欢上了这个鹅蛋头。

有一次，寝室里的那两个女孩子给一个玩得好的大姐姐的婚礼恭喜去了，晚上没有回来。鹅蛋头好像算着似的，就来了。他们坐到深夜的时候，他说："夜深了，外面黑，我不想回去了！"

听了这句话，法图梅漂亮的脸蛋红透了，细密的汗珠潮湿了她的手心，连鼻孔也潮湿了。法图梅觉得可怕极了。她已经非常清楚将会发生什么事情。她趴在自己床铺的被子下面的深处。

鹅蛋头说："你要是不听我的话，我就和你同归于尽。不过，你放心，我不会抛弃你，我们永远会在一起！"

关于梦中的大灰狼，出现在她的脑海里。她没有一点反抗的力气了。只在心里喃喃地祷告。

尽管她想把眼睛牢牢合住，但她还是看见他的鹅蛋脑袋上竟然有一个疤痕，隐藏在头发的深处，就像是子弹擦过去时留下来的。那疤痕上没有头发，她的手指在那疤痕上触了一下，光滑如蜡烛，还有一丝油腻感。尽管法图梅的个子又高又大，清秀挺拔，却在此刻，都统统变成了鹅蛋头的动力。

他们两个都被汗水洗了一遍，又一遍。

第二天晚上，下班之后法图梅又被鹅蛋头在路途中截住，拉拉扯扯地推到鹅蛋头的住处，一夜没归。以后，这样的次数越来越多。直到三个月过去，一切情况都重新颠倒过来：鹅蛋头不去找法图梅了，而是法图梅去找鹅蛋头。因为她的肚子里孕育着一个新的生命。她想她会因为这个生命的诞生而在这城市里坚持生活下去。每当她从住处早早起来，往饭馆急匆匆赶的时候，会听见，在路途旁边巷子内的学校里，传出一个女孩子奶声奶气的朗诵课文的声音：

"……大雨点问小雨点，你要到哪里去？"

"小雨点回答，'我要去有花有草的地方。你呢？'"

"大雨点说，'我要到没有花没有草的地方。'"

"不久，有花有草的地方，花更红了，草更绿了。没有花没有草的地方，长出了红的花，绿的草。"

这清脆明亮的声音在早晨的天空里传得很远很远，在这难得的寂静的城市的巷子里回荡，显得非常奇异。法图梅的脸上露出一丝淡淡的笑容。

盛夏过去了，秋天临近，太阳的温度在遥远的天际渐渐凉下来。这所有的一切，都是有规律的。人也一样，有生老病死，也有盛衰荣辱。有一天，法图梅去鹅蛋头的住处，发现鹅蛋头一切都搬得无影无踪，她问所有知道鹅蛋头的人，都不知道他的去向。总之，鹅蛋头彻底消失了，她找了好久也没找见。这时候，她真是欲哭无泪，心里空荡荡的，同时感到害怕。她渐渐知道是怎么回事了，就去找了个小医院把孩子做掉了。她把自己关在宿舍里美美哭了三天。半个月后，她回到了村子里。

翻年开春的时候，法图梅背着包裹又要进城了，这次没有人再拦挡她。她就径直坐上班车走了。

尽管回乡下、进城，进城、回乡下特别麻烦。但是，生活对于法图梅来说是有意义的。奋争，挫折，梦想和现实在交织着，但她已经习惯了，因为她有生活的信念，有信念的人是不怕挫折和失败的，信念和梦想会支撑她的精神不会倒下去。她不会像有些人那样，动不动因为人生的不如意和本来得不到的东西而要死没活的，动不动就轻生。她不会的。不管以后如何，即使鹅蛋头早已离她而去，她都会珍惜她自己的生命。梦想是她活着的理由。法图梅知道，在她的心灵里有比金子更可贵的东西支撑着她呢！

# 饥饿精神症

大队长尕喜子走出门去的时节，两岁的儿子小石头像一根小火柴棍棍，奄奄一息地躺在光溜溜的土炕上。这个小家伙似乎只有出的气，没有进的气了。

小石头的妈妈在三天前已经饿死在荒郊野外。

这是一家连一粒米也没有的被饥饿折磨着的人。

关于小石头的名字，如果按当时的境况，那么，大家认为，这个孩子的名字叫个灾荒或者饥饿是最妥帖不过了，也是当之无愧的。

可是，在现实生活中很少有这种形而下之的名字，况且，在当时的年代就更不能这样叫了，人家会说你岂不是在埋汰社会嘛。谁敢？

一般情况下，那时节连取名字都要有点意义的，必须附和社会气候什么的。名字在外观上要保持积极向上、昂扬奋发的进取姿态和战士的精神。因此上，大家取名字大致是：红星、革命、小花、小草、明亮或者小石头一类的，看起来既小而谨慎，并且又显得格外谦虚，还不失一种意义、不乏牺牲自己和甘愿作铺路石、小螺丝钉子的精神。譬如就像太阳、大海、天宇一类的名字就不能给随便的人取，这一类名字显得特别大而非同凡响，一般人是受不起的，只有具备领袖风范的人才般配这样的名字。就是，这么伟大的名字也只能比喻和象征那些舵手抑或大人物。就像一般村子里的草民百姓取名字，是不得凌驾于这一号带有光芒普照的名字之上的，得必须在这些名字的下面接受光辉的照耀，始终属于被率领着的行列。

尕喜子已经几天没吃东西了，家里真是一粒米也没有了。其实，并不光是他一家人一无所有，也不光是他大队长尕喜子一个人饿死了老婆。全村子的人都是这个样子的贫穷，死人的事情也不胜枚举。

有一点值得说明的是，大家基本已经习惯了这种举步维艰的生活，一个个感到贫穷多么光荣；感到越吃不上东西，越觉得自己多么伟大和了不起——那情形仿佛是说，你看看我：可以依靠自己的意志、品质和空气而得以活着！说得更具体一点，大家就像表演饥饿的艺术家，一个个唯恐别人不知道他们忍受饥饿的能耐似的——要么用枯瘦，要么用浮肿——来表现他们的确没有吃东西。谁倘若不理会他们的行为，他们就会感到寂寞和孤独。

大队长尕喜子就是这样的一个人，一个仿佛已经脱离了低级趣味的饥饿精神症患者。

那时候，原本就是个提倡高调和嗜好极端的时代。好事达到一定的地步，都尽是向着相反的方向发展：譬如大家觉得越有知识的人就越不是个东西，就越阴暗，仿佛是特务一般；还有什么越富有的人就越自私自利，就越吝啬越坏蛋，就浑身上下都长心眼，就随时都想剥削和欺压人民什么的。而越狼狈不堪越倒霉透顶、越贫穷的人，倒是会得到大家的欣赏和高看，最为重要的是，还能博得大家的信任、同情、赢得大家崇高的敬意。所以，全村子的人，大家都没有一个富的。这似乎很公平！

下午，村子里活着的人继续在黄土山野间东倒西歪地寻找吃的。几天前，他们还在为响应上面的号召，忍受着难耐的饥饿艰难地挖地道。现在，家家户户的地下面，已经全部打通了。横七竖八的地道，样子就像个网状的蚁巢，从这一家可以任意穿越到另一家，说是以防万一；说是江山易得，可是守住困难，敌人随时都有打回来的危险；说是倘若敌人真的打回来，大家就要发扬过去的优良传统，在西部广袤的土地和原野上继续开展地道战和游击战。总之，村子的下面就像个蚂蚁窝，复杂得很！

谁都清楚，满山遍野的野菜、草根早已经被大家吃得一干二净，到处是铲子以及削得尖尖的木棍剜的深坑，就连所有的树木都一丝不挂，赤裸裸地被人剥了皮，样子看起来像脱光了衣服病恹恹的、抽了大烟的要栽倒在地的瘦削的男人，丑陋而不堪入目！

整个大地看上去满目疮痍。

大队长尕喜子确乎很瘦削，似乎只剩下几根骨头连着一根筋。他吊着空空如也的肚子，迈动着犹如拖着镣铐的双腿，拄着一根弯脸孔的布满了蔓菁疙瘩的木棒，一步一缓地走向地洞的粮仓。

这个人，也许就是仰仗这根木棒才勉强得以支撑着的。

这根看起来面目粗俗的讨饭般的木棒，其实是个很具有光荣传统的好东西，当年那些老革命家就是拄着这样的木棒从村子里经过进行长征的，它给了尕喜子多么大的精神支柱啊！

装满粮仓的地洞在村子的一个地势低下的洋山药园子里。洋山药花依旧爽朗地开着，与打碗花红白相间地映衬，显得极其妖娆。洋山药那漂亮的颗子在土下面结得很繁，一搜根须准能扯出一褡裢来的。

但谁都不肯去挖一颗回来吃。

尕喜子拖着已经有些拖不前去的身躯，总算走到装满粮食的地

洞跟前。他小心翼翼地打开地洞笨重的木门。其实，门板由于时间
久长，被虫子吃得到处是窟窿和眼孔。那仿佛金子一样闪闪发光的
黄米，在地洞里倒得山峰一样高，满得已经从门上那些眼孔里泉水
一样流淌出来了。可是，谁也不去动那些流淌到门外的米，就连老
鼠似乎也仿佛明白和懂事似的不肯拉去一粒。啧啧啧，那时节连小
动物都通人性，也仿佛患上了饥饿精神症，抵抗饥饿的能力空前高
强，完全可以带到国际上进行表演或者展出。

有史以来，村子的地洞里真的从来没有装过这么多的粮食！

人的眼睛由于极度饥饿，都有些麻了，眼前什么也看不见了；
人的肠子都饿得黏在一起，有些体质差的病多一点的，还没顾上从
门里走出去找吃的，就死在自家的炕头边；一些人由于饥饿使得头
晕目眩，渐渐失去了知觉，在一种梦一般的迷醉当中半睡半醒；而
更多的人则走出去再也走不回来，饿死在大门前抑或挖草根途中的
野地上……但是，再次声明一点，却没有一个人来动这地洞里的一
粒谷米。

也许，会有人说，人都饿得快要吃人了，放下那么多的粮食却
不吃，谁信啊？

真的，真没有人动地洞里的粮食，谁都不去动。这也不是那种
我们通常理解的敢与不敢的问题，事实上真是大家自觉地发自灵魂
深处地不去动，大家个个都狂热地监守着自己的理想和信念，都到
了无以复加的程度。当时的状况，奇怪得很，就像是天上有一双肉
眼看不到但却能够切切实实地感觉得到的眼睛在暗中欣赏和监视着
大家的行为。而大家也正在为这双他们所看不见但却每时每刻在欣
赏和监督着他们的眼睛而尽情地表演。不顾一切地表演。他们对饥
饿表演得越成功，就越仿佛能赢得欣赏者的赞扬，自己也感到无上

的光荣和自豪。这仿佛是一种瘾。这个无形的东西在无声无息地折磨着大家，在大家的头顶盘旋和萦绕不休。这种力量你能明显感觉到，可你永远找不到它。它在人的心里扎了根，使人觉得只有这样做才是唯一的正确，才会有希望，才会精神充实生活充满阳光。当然，大家也从来都丝毫不去怀疑这么做的价值和意义，似乎你一怀疑就仿佛自己有了罪孽，就会冷不丁得到严厉的惩罚。

所以，大家即便看着这么多粮食而悄悄流口水、流眼泪，也不能在面子上表露出来。即便就是流口水和眼泪也要在心里去偷着流。再说，这么好的粮食能随便叫你吃？根本没那个节目！一句话，在那时候，凡是好的东西就都不是自己的，无论多么好看、好用、好玩，多么地诱惑人心，但你只能有看守和保护的义务，就是没有丝毫动它的权利。所以，大家就只能看着自己亲手种的粮食堆在地洞里而去拼命表演饥饿。

人们似乎已经处在一种谵妄状态，虽然看来他们的脑子还比较清楚，但是他们的精神已经不健康了，这已为许多事情所证实。

尕喜子回想起来，前段时间整个村子里的人，在这比狗舔了还要干净的田野里，无头苍蝇一般茫然地寻找着吃的东西。可这一切，要全仰仗运气。大队长尕喜子曾经看见过一个被饥饿折磨得披头散发在田野里双手像铲子一样乱挖的人：他在田野里突然找到了显露出针头般的一点打碗花草，便不顾一切地用流着鲜血的双手顺着那小草挖了下去，草根越挖越长，越挖越多，挖到最后竟然发现这是一个瞎瞎窝，那瞎瞎窝里堆了美美一堆打碗花的根，白白胖胖嫩嫩的。他差点高兴死了：感谢命运！他怕别人看见了来抢似的，一个劲地躲藏着人。有人会问，怎么会怕被人抢呢，不是说有粮食大家都不去动吗，干吗还会抢人家挖的一点草根呢？事实上因为大家被饥饿折磨得都不相信自己了，老是怀疑自己会抢别人的东西吃，所以觉得别人也会来抢他的食物。所以，大家互相都有一种担心和防范。只是一种担心和防范而已。那时节，抢人的事情甚少，也没有那种人的市场。现在的人是无法体会那些患有饥饿精神症的人的。躲藏起来吃东西，也许是人的本质中最后剩余的一点东西了。记得那个挖到一窝草根的人生吃草根的时节，恨不得一口就吃光，样子就跟婴儿一样。婴儿吃妈妈的奶头时，一面吃着这个蛋蛋，小爪子还要护住另一颗蛋蛋。

只有大队长尕喜子自始至终都想着要带头忍受住饥饿的无情折磨。这一点，他自己感到很光荣，尤其是在他老婆死了以后，他感到自己更加的执着了，更加地全力以赴。对于地洞里的粮食，他每天都要来检查和巡视一趟。村子里的其他人在这里几乎来都不来，大家的觉悟似乎都高到了热烈鼓掌的时节了，都想着不动地洞里的一粒米。

尕喜子看见地洞里的粮食，依旧是他上次来看过的样子——那像一个熨衣服的熨斗做的带着能装粮食槽子的木头印在粮食堆子上印的记号还是那么清晰而略微有些褶皱地显现着。于是，他便很安心很熨帖舒畅地出了一口气。

"无论如何，绝不动公家的一颗粮食，即便饿死也都不去动！"尕喜子这么想着，"也许，这样好运道就会降临！"他觉得那个挖到了打碗花根须的人一边嘴里咀嚼着草根，一边在心中也是这样断然思索的。于是，大队长尕喜子为他领导有方渐渐感到有点自豪和得意扬扬，脸孔上掠过一丝甜蜜的但仿佛又不骄不躁的微笑。

"这是一个幸运的人儿，"尕喜子想，"只要你不去谋地洞里的粮食，好运就会伴随！"

　　还有一个幸运的人，尕喜子回想着，这是一个饿得就要死了的人，突然在一家人的厕所粪便上发现了指头大的一点没有被消化掉的幸存下来的土豆。这个幸运的人儿，就跟眼见救命蛋似的，真正是眼睛为之一亮。他赶快用树枝把那土豆拨出来，拿到水上冲洗了好几遍，冲洗得净净的，然后燃起一把火，把土豆丢到火里迅速而略微地一烫，然后怕被烧光似的用几根手指叨出来，以迅雷不及掩耳之势丢进嘴里吃了，吃得津津有味啊！把旁边看的一个人差点没给活活馋死，眼睛都红了，口里的水都流下来了。这个看的人很不服气，二话没说自己也开始穿梭于一家又一家的厕所和茅房里，目光炯炯地，就连一丝人不慎掉落的头发也不肯放过，看能不能侥幸碰见什么未被别人的肠胃消化掉的东西。你还别说，因为大家久而久之得不到吃的东西，偶尔得之，就来不及细嚼慢咽，往往一口囫囵吞了下去；再加上胃长期吃不上东西，得不到有效的锻炼，便把那消化的功能也逐渐地退化了，所以，导致的结果是把那吃下去的东西原模原样地又降落下来。于是，这使得那些经验颇为丰富的人有了可乘之机。据说那时节工作组如果想了解谁家开没开小灶，十分简单：只要悄悄到厕所走一遭，就什么都明白了。根本无须再查人家的锅灶。

　　但是，那些会吃的人也学乖了，从不去上自家的厕所，而是到野外去解决善后的事宜，解决后用土埋掉。毕竟能吃上东西的人都是个别的，而大多数人的肚子仍旧是空着的。当然到后来大家就都知道了这个秘密，加上灾荒，吃的东西完全尽了。只有备战备荒时积存下来的地洞里的粮食依然故我地静静地躺在那里安然无恙，从来没有人去祸害！

　　那时节的人几乎把人从来没吃过的东西都吃了。

大家饥饿难挨，就吃大山里老死的干蕨，还吃洋芋秆、吃荞麦碾过之后剩下的皮。人们把老死的干蕨（嫩的早就光了），到石磨上一推，推成细末，下在锅里用筷子摔成胶团一样的东西吃，吃的时节动不动就把嘴都给扎破烂了。过一段时间，大家互相看到对方的浑身都通通浮肿了，皮肤发青，几乎变成草的颜色了。

可是，现在连这些东西都已经吃完了。草根也吃光了、树皮也吃光了。村子和大山里均已经没有一丝可供人吃的东西了。

大队长尕喜子想到这里的时候，心里面隐约有些难过和吃力。他突然想起家里面已经丢下最后一口气的儿子小石头，不禁心里往下一沉。孩子已经和他一样几天没进食了。孩子仿佛和他赛着忍受饥饿的滋味。老实讲，他似乎感觉不到小石头是他的儿子了。饥饿让人的感觉和知觉等一系列的器官统统地衰竭了，退化了，麻木了。情感的东西也仿佛由于器官的退化，很难感受得到和感受得清晰和真切了。大家被一种说不出来的难言的气息和强大的激动人心的悲壮的磁场所包裹、所束缚和压迫，所扭曲和变异。唯一，大家只有享受这无形的饥饿的精神洗礼，被形似艺术表演般的饥饿精神鼓舞着前进。

大队长尕喜子，当他看到一村子的人，被饥饿折磨，却从来都不叫苦，便感到万分高兴。而村子的人们看到带领他们的大队长被饥饿折磨成一个人不像人鬼不像鬼的东西，却泰然自若的样子，似乎一下子受到了莫大的鼓舞，一个个该干什么干什么，给队里干活计的时候还嘻嘻哈哈，动不动就唱一首革命歌曲，显得分外动人，分外的乐观主义！

尕喜子锁好了粮仓的门，往回走的时候，脑子里的幻觉就像小孩子端的盆子里的水一样闪着，每向前挪动一步，那根木头棒就

"咄"的一声戳在地面上，随之，他得倚靠木棒休息上好半天。他走着走着，就走到了下午接近黄昏的时候。他已经歇息了无数次了。他觉得他都有些走不回去了。他想坐在路旁边的田地的沿上好好缓一阵。可是，他怕坐下就再也站立不起来了。

太阳就像一个银色的盘子，光芒哗哗的刺得人的眼睛都张不开；眼花缭乱的太阳的光芒难以分辨地倾泻下来，就像夜晚水面上的火光一样令人头晕目眩。

尕喜子见迎面走来了疯子朝格蛮，朝格蛮不停地打着饱嗝，面庞红润，精神矍铄地哼着三大纪律八项注意甩着手走得很欢。

尕喜子忍不住好奇，问："大家都要饿死了，你吃了什么，吃得那么饱哇？"

"我讲了你可别给人讲，"这个疯子鬼头鬼脑地看看四周，声音压得低低的神秘地说，"我吃的是肉，他们不叫吃大羊，我吃的是山上刚生下的小羊，老羊刚生下小羊来我一把就偷走了，到没人的地方烧熟吃了，谁也不知道！"他舔着嘴唇，从怀里掏出一把割麦子的镰刀片子，在面前晃了晃，眼睛缝里流淌着快乐和得意。

这个疯子竟敢吃掉队里的小羊！

尕喜子瞪大了眼睛，仿佛马上要训斥和收拾朝格蛮，但是一口痰卡在喉咙上，把他的怒火给压了回去。他吸了一口气，在一瞬间，一丝冰凉的泪弥漫上眼眶，顿了顿，只说了一句："去吧，小心别叫人抓住！"

朝格蛮若无其事地哼着歌走远了。

尕喜子望了望疯子的背影，把心一狠，开始向家里赶。西斜的太阳火一样通红。就在昨天，当他看日落时，曾自问："明天我将如何呢？我将经受住考验吗？"此时，这正是昨日的夕阳，最初的考验已经承受过了，新的考验和艰难在等待着自己。

那粮仓里的粮食就像老羊一样，少一粒大家都会看在眼里！

此时此刻，饥饿就像万千条虫子，在慢慢地噬啮肠子。难言的滋味令他几乎昏厥过去。那地洞里的粮食一次又一次金子一般带着耀眼的光芒在他面前闪现。他想："我在，地洞里的粮食一颗也不会少的！"但是，随之又一个问题困扰着他："我要是饿死呢，谁来给公家看好粮食啊？"似乎村子里所有的人，没一个令他感到放心。

"我不能死，"孕喜子想，"我要等到上面把粮食拉走的那一天！"

回到家里，儿子小石头已经丢下最后一口气了，他像一只受伤的小麻雀眼睛半睁半闭乞怜地望着父亲，望着这个给予了他生命，把他带到这个世界上来的男人。

孕喜子把小石头的衣服脱光，给洗了一个澡。他从来没有这么用心地洗过自己的孩子。孩子的眼皮微弱地一张一翕，似乎感到一丝惬意与舒心，咧开饿得干裂的嘴，尽力地释放着灿烂的笑。

孕喜子把洗干净的孩子像一只缚住的小羊羔那样，放在院子的一块母亲在世时经常坐着晒太阳的白色石头上，又找来一片破布蒙住了眼睛。接着，他把自己的眼睛也用另一片破布给蒙住了。

于是，他们的眼前开始一片漆黑。而大队长手里的刀子在颤抖……

小石头却还在竭力地微笑，在石头上似乎有些痒痒，让人看了又想哭又无奈。

"只有我活着，地洞里的粮食才会保存到上面来运走的那一天啊！"

过了不久，上面让把地洞里的粮食用马车拉到县上去集中。孬喜子喜出望外，套上全大队的马车，把粮食看着装上，亲自押送起身了。

马车的声音在空荡荡的寂寥的山谷里辚辚的，不绝于耳。

过了半年，孬喜子到县上开会，偶然问起粮食的事情。

"你不知道吗？粮食给拉到苏联去啦！"那个人告诉他。

"拉到那里干什么？"

"还债啊！"

"欠人家的啦？"

"可不是嘛！"那人没心思和孬喜子纠缠这些问题，只警惕地点点头，不耐烦地转身走了。

后来，孬喜子和大家在遥远、荒僻的村子里听说他们拉去的粮食几经辗转拉到苏联，苏联却不要。不知道是看不上要，还是因为别的原因。孬喜子很着急，情不自禁地说："那赶快拉回来啊！……"

可是，接下来他们听到的却是粮食被倒进江河里去了。

大家便猜测着为什么要倒掉呢？有人说，志气的原因！

也有人说，你们想，路途遥远，运也运不回来啊，往苏联拉就已经劳民伤财费尽了周折，再拉回来——即便是一疙瘩金子，也已然没力气拉回来了，索性就倒了河。但大家不能确定是倒进哪条河了。有个人自以为是地说，管它黄河也好，长江也罢，反正都是祖国的江河，就是喂鱼也喂的是中国的鱼儿啊！

总之，大家就都频频点头，说公家的决策真个英明。

而真正的内情，老百姓又怎么知道啊，又如何管得了那么多呢！

# 嘉依娜

一

那是一片草木绿得能照见人影的土地。

"嘉依娜，快来看呀，送你一条长长的腰带子。"伊斯哈说。

天山上的水银亮亮地流下来，淙淙地在草地的肚子上豁开一条口子，使草地像孕育分娩的母亲一样疼痛呻吟，河颤动着，微微晃，在远处从某一点看，又仿佛是静止的，但走近了，却看到它显示着生命的力。

嘉依娜咯咯地笑，勒转那匹白得滴雪的儿马子奔过来。

她的黑纱丽飘啊飘，在夏季没有一丝风的马背上飘，那条白色的腰带拖得好长好长。几只蝴蝶循着马蹄的清香紧紧跟过来。

女人是草原上的诗。年轻人凝眸望着嘉依娜飞马过来的时候，突然想。

嘉依娜是天山草原上诗的眼睛，又是个女骑手，草原上的英雄们都想征服她，但她宛如一只情欲压抑的母鹿桀骜不驯，更仿佛一枝生长在险峻之地的雪莲花，显得靓丽而孤独。

那些男孩子通常甜生生讨好似的叫她："嘉依娜大姐姐！"

"哎！碎娃娃，咯咯咯……"她高声应着，就放浪地笑起来，一串串的笑，像玉盘里绿色的珠子溅落在草原上，把草染得更加绿了。

笑声还把草原上的男人迷倒一片，同时引得蚯蚓、蝴蝶、蜜蜂追随她，为她歌舞。雪莲花、海纳花、玫瑰、草子铃，所有的草木都动了情，向嘉依娜点头鞠躬；野兽躲在林子后面远远地给她行注目礼，像是有些心神不宁；骏马的蹄声为她踏出激越的幻想曲……

可是草原上有一位男子能配上嘉依娜，大家都这么认为，他就是草原上被称作英雄的巴木尔罕。但他似乎不喜欢女人。

"嗨！嘉依娜，我伊斯哈是草原上的英雄，你跟我到草窠子深处去吧，我要把日月、山川、河流送给你做你的嫁妆，我要把草原上的一切送给你做你的嫁妆，到时候我会叫鹿儿、蜜蜂和蝴蝶到你的帐篷里来迎亲。"年轻人快活地说。

"你吹破牛皮啦，草原上真正的英雄是巴木尔罕，他是个大力士，能耐可大着呐！"

"巴木尔罕——别提他啦，他是个喜欢孤独的人，他不喜欢姑娘，只喜欢骏马和烧酒。"年轻人对巴木尔罕有敬慕之意，因为草原上的"孤独"是另一种美。但他对巴木尔罕亦有惋惜之情，因为那家伙不懂得女人。没有女人就没有草原，就没有这个世界呐。

"你敢跟巴木尔罕角力吗？你若胜了他，我嘉依娜的太阳就从西边出来啦，就跟你钻草窠子，咯咯咯咯。"

她的笑声掠过草叶尖儿，像天山的水一样清越地响着。笑声使心灵最隐秘的东西淌到草原上。

伊斯哈就显出极不自然的难过样子。他知道他打不过巴木尔罕，他浑身的肌肉跟山峰似的，喊一嗓子，从草原能传到天山顶峰。巴木尔罕在他心里的确是个英雄，因为他有的是力气，但这个英雄不懂得滋养和浇灌草原上的女人。伊斯哈曾经劝过他：别辜负了嘉依娜——她是草原上最美丽纯真的女人，谁都想追求她。如果草原上的女人得不到英雄的浇灌，草原就会日益枯竭，生命就会衰落。这片草地还会这么绿得闪光吗？还会这么肥沃吗？骏马还会满山坡跑吗？我们这些牧马人就再也没有立足之地啦。

"嘉依娜，我牧马去了。"他扬鞭催马，双腿一夹马肚，两脚跟就得力地打在马的浅窝里。那匹藏青色的儿马火烈地嘶鸣一声，打起棱登，两足凌云而起，扬向高空，把空气划出一道凌厉的白线，闪电似的向更深更远的草场奔去。

伊斯哈骑的这匹马是新疆天山草原上最优秀的马。它一生下来，便有些与众不同，草原人对它的某些异样感到有些惊奇。它长高后，除了主人伊斯哈就没人近得了它的身。它似乎非常懂得人的感情，知羞耻、晓荣誉。因为它身坯比所有的马大，大得出奇，所以草原人就亲切地叫它"大特级"。大特级远远嘶叫一声，所有的马立时会变得乖乖的。那是真正的王者之风，它在前头昂首挺胸地走着，鬃毛跟黑色的旗帜似的一扬一扬。所有的马跟在它后面，就像跟着一个草原上的领袖，跟着一个皇上。

"万物一理，马是这个样子，人也是这个样子。"巴木尔罕的父亲对草原上的人不无得意地说。

在草原上，骑上如此一匹马，无疑会成为草原上的一个焦点，风光得让人嫉妒。

大特级一声长嘶，顿时马儿们便蹄声嘚嘚从四面八方向它赶来。几个天性调皮的马驹紧抿双耳，憨头憨脑地低着头撒着欢子，它们的肚子和腿优美地贴着草皮，奔到低势处又似燕子掠水一般轻盈地抄起，那样子美得让人心颤。

一阵子，马群立时在大特级的招呼下自动汇聚在一起，踏出隆隆震天的响声。

伊斯哈挥起长鞭，响亮地甩在闪射着光芒的草原上空。"噢噢噢，嘚儿锵——"他喊一嗓子，群马奔跑起来，越跑越快，蹄声由零乱、杂沓，渐渐变得和谐，听时像翻江倒海的滚流一样，汪洋恣肆地漫过草原，像是漫过整个中亚大地，就连地层深处都似在低声地呜咽。

这种感觉对他来说是非常熟悉的。多年来，每次赶马，他就会重温这种感觉——那碧绿的草地，那绵延起伏的低缓的地势和那最远的一个山包，都在向前伸展，他在马背上就像在大海上一样颠簸。

"走着瞧吧。嘉依娜——你是属于草原的，也是我的！"伊斯哈心里动情地说。

他以前在南山上牧羊。记得，南山上有一条河，那条河流淌着雪山上消解下来的雪水，一直流往乌拉尔水库。一到春暖花开，人们就在山上的河里澄金子，干得很辛苦。后来，他离开了那里，到这天山草原上来了。南山上那片草原变成旅游区了。是啊！敞开胸怀的土地忽然感到有些莫名的紧张和压抑。人类的天性总是喜欢改造自然。他开始不喜欢那块地方了，一些陌生的人开着车进驻到那里，他们带来的是一些陌生的工业气息和城市里的焦油味儿。他离开的时候，确实舍不得那山上的松树，还有那飘荡着浓烈松汁的清香。但他知道，作为一个草原男儿，那里已经没有足够的营养了。人类在进逼，自然在退却。

他望着眼前齐腰深的草，目光很忧郁——这是一片肥沃的黑土，浩渺得仿佛东自太阳升起的地方，西至夕阳西下的天边，全都肥得流油。它一直绵延到种植地，能看见人们在这里开垦种植的小麦、棉花和洋芋。草原年轻着每一个牧人的心。这里是牧人的天堂。

小时候，这里是怎样的一番景象啊！有次，父亲拖着他在向晚的草原上走，周围没有人烟，只有像画片似的茫茫草海，风轻轻吹着，像水一样响着。途中就遇到了狼群。父亲为了救儿子拖延时间，叫儿子逃跑，自己就舍身伺狼，让狼咬坏了眼睛。似乎像一个传说。但这确确是以前的事情。草原在他心上有着难以言述的情结。

奔跑的马群缓缓停下来，纳下头幸福地吃着草，真的幸福！它们吃得"嚓嚓嚓"的，声音异常响亮，像镰刀割的一样舒服。

草吃了还会长上来啊！

伊斯哈在马上想象着姑娘与小伙子走过草坡，穿过莽林，钻进一座白毡帐篷，哼出一支凄迷混沌的歌。

草长得飞快，你能看见它刚刚还爬在人的脚面上，立时就伸上了腿。松树、雪莲、勿忘我，样样花木仿佛悄悄说着什么。不知道，似乎很玄奥。其实都是些梦的东西。

盛开的鲜花，婴儿的脸蛋似的，像是没有受到尘秽的沾染，看着它们就像看着自己的一群孩子。

他翻身下马，找一块高起的草坡坐下来。他想，晚上准会失眠。他会平心静气地瞪大眼睛躺在帐篷的床上做关于他和嘉依娜之间的美梦。可是梦醒了怎么办啊？

远远地，在与地平线相接的茂密的绿草丛中，突然一掩一掩地浮上来一颗人头，像从虚无缥缈的水面漂上来似的。人头仿佛从晨曦中渐渐升起来，朦朦胧胧的身子也浮上来。那是一个模糊的影子，看不清面孔上的线条与脉络，只有马蹄"嘚嘚"逼近。

他一动不动地盯着马上的人影，忽然心头莫可名状地跳起来，连神经末梢都不安起来。"嘉依娜！嘉依娜！"他站起来，举着双手迎向那匹马，一连放声高呼。

"小伙子，别做白日梦咧！你不中的，人家嘉依娜看不上你，她早相中我儿子巴木尔罕啦！"

原来是巴木尔罕的父亲。这老汉在草原生活了半辈子，是个打猎好手。人们都有些怕他手里的那杆老枪，不留心就会走火。老人这两年在草原上日子越过越红火，动不动就会跟人说："这块草场我占下了，你们到别处去吧！"随着光阴好转，他在草原上也算是有头有脸的。俗话说："马有膘咧，诧哩（受惊的意思）；人有钱咧，扎哩。"

伊斯哈以前在这老头子面前显得很谦卑。但是，现在他感到冤屈和耻辱：你凭什么把草原上的全部都霸占下，连给你儿子把姑娘都要霸占下，凭什么呀？他没好气地说："大叔，您儿子叫公牛角把腿根挑啦，不信你去问他。"说完，他笑起来。

老头子疑惑地望着他，见他笑，脸立时气得像马肺。老汉那个头不大但壮实的身子在马背上抖起来："你个屄娃娃，别骚情，惹急了我一枪把你的肚子倒咧！"他说得毒得很，并挑衅地做一个拿枪打人的姿势，但是手里没枪，就忽然显得很茫然而没面子，声音似乎也弱下来。

伊斯哈觉得老头蛮不讲理，心说："别倚势啦，也不看喀，这是草原，草原上讲的是一个情理。"老头子勒着马，仿佛赌场上输光了钱，离去不是，待着也不是，脸上不停地变着色。

"大叔，您这是上哪儿呀？"他主动给老汉找台阶下。

"你可看见我儿子啦？我找我儿子，这个狗日的不知又跑哪儿去啦，整日价乱跑，害得我到处找。"他做出怨恨的样子，向远处张望，好像发现了儿子行迹似的，"嗯儿——锵！"就打马一溜烟地跑了。

那马跑起来样子有点傻笨，身姿有点松垮，头颅不争气地耷拉着。

伊斯哈望着老人离去的方向摇摇头，抿嘴笑了。他觉得自己血管里流的东西，同时也在这草原上流着。他背靠一棵粗大的树干，慢慢将身子软软地滑下去，滑下去。

大特级昂扬着头颅迅如风雷般的嘶鸣声响彻云霄，仿佛为他鼓劲。

他觉得那古老的冤屈和耻辱本身是因为抱憾与歉疚，可这正是他必须要解放的病结。他把目光投向自己的那匹心爱的马。那马正望着他，好像是要望到主人的血管和骨头里去。他觉得骨头里的血在无声无息地奔流。

不知何时，他躺在那棵树干下的一坨厚实的绿草上睡着了。这个世界上任何床铺都没这么好呀！绿色的草地闪闪发光。在远处的草原上，年轻的骒马一边轻轻地甩动着那根棕色的尾巴，一边把头调转过来，冲着大特级喊道："嗯哼、嗯哼。"它显得多么温柔啊！此时，草原上充满了安详与静谧的声音，还有蜜蜂飞向花丛轻轻采蜜的声音。骒马一遍又一遍地轻唤大特级："过来啊、过来啊！今天的草原多美呀！"

因此他就静静地躺着，一动也不动。他的眼睛紧紧闭着，他的呼吸均匀、轻柔、平静，他听见草原上万象低语的声音，他似乎听懂了，从未有过的激动。他听见草下面大地的血管里血液流淌的声音，也听见它们难以成眠的激情。他现在想嘉依娜了，不由自主地想，他不知她现在在干什么，她无与伦比的美丽，他想她一定连哭泣都无与伦比的美丽，死去的花草都会被她哭活。但是她似乎爱着巴木尔罕。他的心里忽然有些悠长的伤感。渐渐地，草原上一切又归于沉寂，只除了马儿们吃草时经过身边的声音。再过一会儿，说不定他还可以听见一只草原上的什么动物发出清脆的叫声呢，那将是穿过这片草地时叫出来的。之后，似乎是自阳光里徘徊到更远的地方去了。他的脚丫动了一下，又恢复原来的姿势。不知是什么撞在了脚上，不等他睁开眼睛，一双手拨开绿草拦在他的肩上。

他轻轻嗯了一声。

"对不起，吵醒你了。"原来是跛腿老马。老汉以前当过兵，新疆某骑兵连复员下来的，在马上度过了半辈子。后来，老汉腿上生了一块瘤子，为了保命，截了半条腿，如今安了一个假肢，怪凄惨的。老马的儿子以前做过几天兽医，后来改了行，领上媳妇在天山深处搞药材收购，日子过得挺红火。因为天山周围就是一个药物百宝箱。

伊斯哈翻身坐起来，腼腆地笑着说："我醒着呢老阿爸，啥事您说吧！"

"想求你嘛帮个忙！"

"说吧、说吧！"他一听有人求他，于是摆出一副老成的样子。

老马叹息一声："孩子他阿妈病了，病得厉害，老婆子哭着要见儿子一面，没治，我就思量着，叫你嘛骑上你的快马跑一趟，不知你有没有时间。"

他一口便答应了："放心吧，不就几天么。说好了您可得看着我的马呀。"他每次听到人夸他和他的快马，心里就美滋滋的，并且摆出草原上出色骑手的神气，并煞有介事地从鼻孔里"哼"地笑出声来。

他们坐下来扯起闲话来。

草原流淌着一股温馨的气息。

马儿们已经走远了。

<h1 style="text-align:center">二</h1>

第二天，他走出帐篷，看见巴木尔罕坐在帐篷门口，他身材高大，长着一双和他父亲一模一样的哈萨克人的眼睛和一头鬈发，神情凝重地饮着酒，目光冷若冰霜，似乎不为任何事情所动，他那么深沉，每一个细微的神态都叫人那么地神往，简直活脱脱一位草原王子的形象。他一点也不因为巴木尔罕的父亲而讨厌巴木尔罕，他对他只有仰慕和喜欢。

他向着老马帐篷走的时节，就看见了那个"咯咯咯"的嘉依娜，梦幻中一样，初升的阳光轻柔而潮润地洒在她玉一样的脸上迸散出奇异的光彩。她的手停留在她的辫子上，捋辫子的手腕和跷起的无名指、小指像一只翩跹欲飞的白蝴蝶，左脚立着，右脚弯起来抱住左脚的脚踝，身子斜倚在帐篷门口，线条跟一湾流动的水那样，朦朦胧胧，黑纱丽似起似伏，隐约显露出红润的景象。草原上没有声音，一点声音也没有。声音已经跨越了时间，时间静止了，这种无声的静默是专为心灵而开放的呀。她不知怎么，今天却没有笑。

巴木尔罕、嘉依娜、伊斯哈三个人站在三个方位，构成一个三角。巴木尔罕神情漠然；嘉依娜有些迷茫和忧伤；伊斯哈却有些惊慌于嘉依娜的瞳孔，他的心跳仿佛流淌到地上，一点点时间好像一年。他知道一个女人的感觉真是无所不知的啊！

天空，云彩在缓缓流动，掩隐了人的心情。绿色的草地，向远处伸展，像地毯一样铺向遥远的莫知的地方。

"嘿！"伊斯哈轻轻地向巴木尔罕打声招呼。

巴木尔罕只是皱着眉头凝望了他一眼，依旧饮他那掺了烧酒的马奶，连一丝干涸的微笑都没有。

"嘉依娜、嘉依娜！"伊斯哈在心里叫着她的名字。

他仿佛坚定了一下自己的心，收回目光，将身子抖了一下，就抖直了，然后走进了老马的帐篷。床上有一双凄凉的眼睛，脸色又青又黑，像中了毒似的毫无光泽，嘴皮裂开无数细小的口子，喘气的声音急促而无力——这老婆子看见年轻人进来，就挣扎着，无力地挣扎着偏过头来仰视他。年轻人赶忙坐在床边，扶住她。她忽然颤抖着苍黑、憔悴的面孔仿佛要问他："我儿子会来看我吗？"

他本能地重重点一点头，见她把像一根枯木的手伸过来，手粗糙而坚韧，且隐含着一丝生命残余的力，脏兮兮的内衣松散地从身上垂落下来，零乱地堆在胯子周围。

于是，他真想弯下腰满怀敬意地吻一下她的枯萎的、秋叶般微微颤抖的手。

他不知怎样安抚这位风烛残年的老妇人，说："您缓着，您儿子——他会来看您的。"说着站起来向帐篷外走去，走出帐篷时，他回了一下头，注意到了她的眼睛，也可以说眼神，她正用那种执着而沉思的眼光，初生婴儿似的无瑕的盯住了他的脸。直到他消失在帐篷外。

天空蓝得像清晨的大海。

人在世上，都抱着一个希望活着，谁没有自己的希望啊？

老马已经赶着年轻人的马群走了，他不想叫醒年轻人——是想让他多睡一会儿。

草原上的人们已经陆续走出帐篷。

巴木尔罕依旧在帐篷门前的草地上慢慢喝着马奶酒。

嘉依娜仿佛换了个姿势立在原来的地方。

不时听见有个帐篷里什么人在说话。但是大多数的帐篷里都静悄悄的。

巴木尔罕的父亲走出帐篷，干咳一声，从伊斯哈的面前越过，径直向嘉依娜家的帐篷去了。

伊斯哈看见嘉依娜亲热地招呼巴木尔罕的父亲，她进帐篷时却忽然调过头来重重望了一眼，显示出惊人的忧伤，她的脸一侧被隐在阴影里，朦胧中辐射着散光。他的心仿佛被什么牵了一下："嘉依娜，等着我啊！"

草原的希望是明天的太阳，伊斯哈的希望是嘉依娜。

大特级已然全副武装，显得英姿飒爽，轻轻唤着主人奔过来。

他翻身跳上马背，在原地热情狂乱地抖了两个圈子。

"出门平安，年轻人，常记着善良。"一个哈萨克大叔关照说。

"平安，我会记着您的话。"他两腿一夹，身子向前一送，就在昏茫中逐渐抛开了帐篷。太阳已经完全爬上了草地，万道金丝把草原装饰得无比瑰丽。他看不见马蹄，却听见马蹄像桨一样拨动大地的响声。

三

虽然夏季中亚的风轻轻吹着，这时候太阳晒得挺烫。

大片绿色的草棵仿佛未熟的麦子一样，随着刮来的热风掀起一阵小浪。

红日火烈地洒落进芨芨草丛里，火红的天边有一个孤独而遥远的骑手，好像正在纵马追赶太阳。太阳已经伸手可及了。

石头仿佛各种猛兽，狡黠地潜藏在茂盛的草丛中，一动也不动，伺机扑出来，使得大特级几次躲闪不及从石头上似一道耀眼的青焰跃过去。

踏上长路，才使他再一次感到大特级是匹多么可以生死相依的良马啊！

他在一座房子大的青石边停下来，跳下马背，爬上石头，在石头的脑门上坐下。他用衣袖擦了把头上的汗，然后把打开的干炒面袋搁在石头的鼻子上。他在身上摸了一会儿，摸出一张纸，把纸叠成小铲，伸进那只白布袋里铲起炒面，一仰头倒进嘴里，又香又甜。

炒面的香味四散弥漫开来。

他拿着铁憋子喝着一路上灌的从天山上流下来的水。水清冽冽的，像琼浆玉液。

他又一次想起嘉依娜……

吃饱喝好，他重新跳上马背。

微风送来草原上正在开花的艾蒿苦涩而好闻的花粉。

大特级依然像没有上路前那样亢奋。

他有些心疼这马，就尽量勒着缰绳。

草色仿佛大海一样澄澄碧蓝，与天际相接。高空之中，仅有几只从天山方向飞来的青鸟，往来翔掠，点缀出些许白影。

突地，他被眼前奇异的景象迷住了，无尽的彩色徐徐有致，像画片上似的缓缓映入眼中，呈现一种似已入睡的慵懒之美，一片一片意态野雅，复且婉顺柔从，就像纯情的天山美人。

马想多待一会儿，干脆不走了，轻轻唤着，头颅勾下甩动着，不息地打着响鼻，顿着蹄子，眼里像是要掉下璀璨的珠粒，仿佛是向草原之神表示敬意和朝拜。

他讨厌此刻这马有些啰唆，狠狠抽了一鞭。马立时狂奔起来，两腿掀起一股飓风。

烈马大特级又急行了一程。忽然，它抬头竖颈，前足高举嘶声长鸣，尾巴像黑色的闪电来回剧烈地拍打着屁股，猛然间尾巴又拉直如铁条，在地上杵了一下，险些把他扔下来。他气注丹田，以力踩镫，双膝内扣，身子紧贴马背，撕紧鬃毛，骂一声："杂毛子，咋咧？"

大特级一声嘶叫撕裂长空，就是不肯听主人的。

暖风豁开的草丛里，发出"咝咝咝"异常奇特而尖厉的响声。

他身上的筋肉一阵抽动，看见一条碗口粗，浑身乌黑的长虫（蛇），正在草丛里昂首摆尾地向他们示威。这是中亚大地上最毒的蛇，身体任何部位被咬中都会致人于死。草原人叫它臭斑斑。这种蛇像惹事的人，不断地挑衅。

马显现出人的灵性，它知道躲开已经来不及了，便准备好铁一样的蹄子，与蛇冷静地对峙着。

毒蛇沙沙沙吐着火苗一样的信子，来来往往从那三角形头颅上的口里抽动着，似乎喷射出蓝色的火焰，它的眼睛幽森而凌厉地盯着前方，暗藏杀机，它一点也不退让，黑黝黝的尾巴在草丛中闪闪发光，啪啪击打着地面。

"它多么像一条美丽而光滑的鱼啊！据说在天庭之上，蛇是最美丽的天使，可它出于贪婪犯下天罪，被罚下了人间！"他在心里叫喊，"你这魔鬼的化身，躲开！"

他抽出鞭子，瞄准抽下去。

可是，蛇仿佛修炼了多年，具有某种预知的本领似的，不待鞭子落下，竟如一道黑光腾空跃起，它在空中犹如火烧火燎的皮条一样优美地颤动着，它越过马头越过人头，在更高处画了一个美丽的弧，然后扑向烈马。

烈马有点紧张地打着响鼻，前足凌空而起，张开簸箕一样的大口，发出撕心的嘶鸣："嗯哼哼，嗯哼哼！"它一点也不示弱，企图用凌空而起的铁蹄踩死这只邪恶的毒蛇。

蛇在空际扭曲着，狰狞着，丑陋而好看，像雷雨中黑色的闪电，现出它全部的力和美。

他瞄准毒蛇，以更快的速度挥鞭抽打。

蛇在空里像被鞭子打中了，叫声使人心惊胆寒，还从未有过一种音调会如此阴森，像是妖精发出来的："咝！咝！"蛇似乎隐忍着疼痛，以它惯有的辛辣扑向马的前胛，仿佛难以觉察地粘了一下，很轻盈地滑到草丛里。草上一阵箭走风鸣，蛇豁开稠密的草，亮开一道哨，立时跑得无影无踪，仿佛刚才什么也没发生。

但是一切逃不过他鹰一样的眼睛。他跳下马，见马的前胛那块肉在痉挛地抖动，并肿起来。马打着响鼻，用嘴拱主人，又以满含幽怨的目光回头张望草丛，蹄子在草地上轻轻刨动，像受伤的孩子一样惹人怜惜。

他飞快地看了一下周围的牧草，开始在大片的牧草中搜寻。片刻，他喊起来："找到啦、找到啦！"他把那东西从茂盛的草海里拔出来，拔了一小簇。这种植物的名字叫一字蒿，状若"一"字，五寸多高，浑身灰白。草原人常说："家有一字蒿，不怕蛇来叮三遭。"他把一字蒿塞进铁憋子里，到周围找了好一会儿也没找着柴禾。他有些焦急，来回打转。

"嗯哼！"马低沉而求援似的唤了一声，前腿抖得更厉害。

马卧下来，有些伤感地回头望着受伤的地方。

他点燃了衣服和皮靴子，这些东西又烧着牧草。他把装着一字蒿的铁憋子搁在火上，憋子里的水很快发出亲切的虫子样的叫声。他把草伸进憋子，捞出药水洗着马的胯子。

他心里跳荡着喜悦："嘉依娜，你在哪儿呀，我战胜困难啦！"

烈马的肿消了，站起来了。它用嘴拱着主人，显得异样亲昵。

他不知道嘉依娜现在想没想着他。他望着自己光光的脚丫，心里忽然一阵难过与冰凉。

他转过身来，抱着马的头，无比无比地想着嘉依娜，那个美丽的人儿啊！他一会儿把这件事想成喜剧，一会儿又想成悲剧——喜剧皆大欢喜，悲剧凄凄惨惨——弄得他一会儿笑一会儿又眼泪汪汪，让大特级也感到失措，以致陷入不知如何是好的静穆和思考中。

他们歇好缓好，就重新上路了。

一口气行到下午，人马都出了汗。

天空开始刮着热风，吹皱起满天浓厚的乌云，此刻，连马的肺腔里都感到窒闷和阻塞。他觉得整个天空都要沉沉降落了。这时天上掉下了雨点，接着风声紧促，催来一阵暴雨，雨点沉沉密集，来势异常凶猛。伊斯哈扬鞭催动坐骑，火速赶路。他指望能在前面碰到一顶帐篷。

马蹄声、风声、雨声，还有烈马狂奔时偶尔的嘶叫声搅和在一起，梦幻似的惊心动魄，那是一幅悲壮和速度的图画，是美的图画! 狂风骤雨摇撼着他剩留下来的衣衫, 噼噼啪啪的雨点打着地面, 激起带泥的冰凉的水沫, 甩溅在马和他的脸上、身上。

马驰骋得更快了, 雨点打在脸上冰冷的疼。

他伏在马上, 脸紧紧埋贴在马的脖子里。马干脆横过头来, 用眼里的余光瞪视着前方, 蹄声紧紧逼进人的心里。

雨小些的时候, 忽然沉闷的雷声在天边滚去。

又一个闪电刚过去, 接着一声炸心的响雷: "咔嚓! "

他剩下的衣衫像是触电, 被烧了一个豁牙牙的黑洞, 不甘心地揭动着。

烈马用蹄子不断刨动地皮, 把草连泥刨了起来: "嗯哼哼、嗯哼哼。"它驮着主人兜圈子, 像是怕将主人摔下来。

远处, 有棵一膀多粗的老树被雷击了个黑洞, 好一会儿, 才断裂开来。

他觉得刚才发生的一切只是大自然向人类发出的一点点警告。

他翻下了马, 爬到一朵环环苔跟前折断了它, 把筋里面的奶水挤在伤口上, 立时感到凉入骨髓。草原给予人的一切是那么宝贵啊!

马卧倒在他跟前, 草叶在风中瑟瑟地微响。

这时, 雷声向远处去了, 雨越来越小, 水声在远处响着, 好像大河决裂。

他浑身湿淋淋的, 滴滴答答地掉着污泥, 他的手指揣着泥水, 又挣扎着爬上马背, 昏昏沉沉任马驮着行了一程。天黑了, 夜影已落下来, 他想: 不会是迷路了吧? 不知道。一路上那些森森的经历依稀尚存。

他口干得厉害, 从马上滚下来, 跪在地上, 示意烈马卧倒。它就听话地卧下了, 那么和顺。他从马上取下铁憋子喝了一气水, 一摸炒面，像泥一样，填了一肚子。他在草上躺了一会儿，重新爬起来拉着马找到了一个安全的草窠子，他像狗一样钻进草窠子，伸出胳膊示意大特级别走远。马用鼻孔嗅嗅草窠子，甩动着头颅。他自言自语，又像是对马说："今晚就在这儿过夜吧！"夜幕降临，一轮满月从草叶上高高升入空中，照耀整个天山大地，直到大地横陈于绿夜之中。随着深夜来临，在草窠子里躺着沉思的他发现草原上有一种与众不同的不安。他转过身子侧耳倾听，从遥远的地方飘过一声微弱而尖锐的马的嘶叫，接着是一阵同样的嘶叫声的合奏。过了一会儿，嘶叫声越来越近，越来越响亮。他似乎懂得了这片绿色之土，懂得了它们就是在他的记忆里萦回不散的、在另一个世界里听见过的声音。他全神贯注地谛听着，这正是那种自然对于人类的呼唤的音调，马的嘶鸣比先前更富诱惑力地震荡着。在他的脑际所涌现的一幅幅的幻景，远非言语所能表达。星星出现了，有一颗划破长天，通红地映亮了半片草地。

他顺着草叶细微的缝隙，看见地上呈现着烈马大特级的黑影。烈马饱餐了雨露浸润的青草，这会儿，在半醒不醒地打着盹儿，间或喷一喷鼻子。他想：嘉依娜此时在干什么呀？草原上的人们一定不知道我现在的处境，也不知道我此时遥想着美好的篝火映亮的帐篷。也许跛腿老马正在和病危的老婆议论着我身边发生的事。

冷风阵阵袭来，不知名的动物的叫声令人感到那样近，以至常常不由得浮起一种恐惧。

他感到从未有过的凉意，感到孤单和寂寞。

马时不时打一声响鼻。

在如此静谧而不安的夜晚，他终于沉沉地进入了梦乡，苍白的嘴边开始漾起一丝微笑，接着窘了似的，红透了脸蛋。他梦见他和嘉依娜在河边的草地上并肩坐着，她转过头对着他，头发披在脸上、脖子上，微笑着。他扶她站起的时候，挨着了她的乳房。她的乳房像生长着鼻子和嘴，在均匀而又不安地呼吸起伏。他真是幸福而又害怕啊！

第二天天刚放亮，他就上马动身了。马的鬃毛重新飞舞起来。他仿佛从风雨纵横的混乱中脱颖而出，显得愈加英武。大地被冲洗得洁净清新。远处的天山显得面目清秀，高峻处白雪皑皑。他挥马扬鞭径直向天山深处飞奔而去。

他边走边打听，这时，他看见前面隐约的山鼻梁上有栋土坯房，一位维吾尔族大叔告诉他，那个瘸腿老马的儿子在什么地方。

黄昏，天边红彤彤的，牧野有些凉意的潮湿，他感到身上有些冷里发热。

他心中一阵激动，快马加鞭，向那座土屋奔去……

## 四

过了几天，早上，金色的太阳刚刚升起的时候伊斯哈风尘仆仆，骑着大特级带着跛腿老马的儿子威风凛凛出现在草原上。他面孔发着异样的光彩。

嘉依娜大约是听见马蹄声从巴木尔罕的帐篷里走出来。唉，真没想到啊！她头发蓬松，甩开来时，湿漉漉、沉甸甸的，眼睑处有一丝淡淡的青迹，似乎整夜地寻欢作乐，但却面色无比红润地走向伊斯哈，仿佛刚刚从床上睡起，有一种慵懒的模样，在他的眼里，她的乳房好像在几天里猛然长大了，那令人倾倒的姿色从她身上的各个角落热热地溢流下来。

他心里忽然一阵难过："这些天……唉！就当是做了一场美梦吧！"

她走过来，抚慰着那也业已显得有些伤感的马头，好半天说："回来啦，我……我跟巴木尔罕好咧！"

他长吸一口气，发觉喉头竟莫名哽咽，在马上晃了一下，终于挺直了身子，凝缓地说道："好咧就好咧吧，把我的好祝福也带给巴木尔罕。"

大特级驮着他向远处驰去，背影苍茫迷幻。

嘉依娜哭了，泪水滂沱地流淌过颜面。

最后，大家看着他和他的马淹没在茫茫草海中，与那片绿色的土地融为一色。

# 科长的一天

现在，对于马县文化局长来说，一天似乎和另一天没有什么两样。

文化局长的乳名叫富贵，他姓金，官名就叫金富贵。金富贵至今连自己的名字都不会写，但凡需要他签名的地方，他会从容地打随身携带的红布袋里倒出一个包装精美的小铁盒子，然后从铁盒子里面绅士而优雅地掏出自己的角质私章，理直气壮且又庄重、严肃地用劲按在上面，说："这就很好，省得写字——麻烦！"

虽然，文化局长富贵他没有那种惯常意义上的书本上的知识。但是，他当上文化局长之后，抽烟、走路看起来均显得傲慢和高不可攀的样子。不知道的人乍一见，还以为他是县长呢。有人不服气地在背后说他，明明是个局长，却非要扮演成县长的派头，你让那个谦虚低调的县长会觉得因为你这个手下而倍感惭愧。

文化局长金富贵无论干什么事情，都带着一种顽固劲儿，他从不教条，也不被生活中的那些条条框框所限制。他在生活中打破常规，随心所欲。所以他所干的一切事情基本上都没有什么规律可循。

文化局长金富贵现在已经四十多岁了。他曾经是当兵出身，转业之后分派到一个偏僻的乡政府工作。但是他特别能喝酒，十分会搞关系。他巴结上级的手法粗野、笨拙。然而却由于直爽、率真而深得领导的喜欢。关键是深得主要领导的喜欢。譬如他给领导送东西一般多是硬性的，你不收受绝对不行，不收受就是瞧不起他、就是嫌弃他没文化。他还会适宜地把那些尚不开窍的、前怕狼后怕虎的上级善意地批评、教训一顿，说他们瞧不起他。那些上级逐渐便觉得富贵也是挺实在的一个人，单纯、憨厚、可靠。在乡政府富贵鱼儿在水中一样游刃有余。他上下协调，左右逢源。闲暇的时候他不是去乡长家，就是去书记家，去的时候从来都不空着手，比如带一点香烟啦、茶叶啦、肉啦之类的东西。或者去捎上一些什么土特产，或者捎上一些书记和乡长喜欢或者他们的家人喜欢的东西。一般情况下，富贵给乡长送茶叶，而给书记则送陶罐、古币一类的东西。因为乡长无论在什么情况下，都好那一口茶叶，而书记则喜欢收藏文物。富贵从小就善于观察，这仿佛是他从娘胎里带来的。对于周围和他一样的普通干部，他有时也请他们吃饭，并适时地送他们一点小礼品，不时施些小恩惠来笼络他们。还说着逗他们乐什么的。你比如他在一次男男女女的酒桌上说他曾经认识一个男人名字叫石进儒（使劲入），还有一个叫张楷芬（张开缝），就惹得大家哗哗地笑，开心得不得了。于是人们就说富贵是一个善于团结人的好同志。一般情况下别人寻他帮忙，富贵都有求必应。于是，天长日久大家都觉得富贵这小子为人不错。等到乡上选举开始的时候，大家伙意见一致，全力坚决推选他当副乡长，第一次选举失败了，再来第二次，第二次失败了，再继续，大家真是看中了他，锲而不舍，直至把他推荐选举成功，扶上马为止。老实讲，对于贫困、干旱山区工作的干部反正似乎也不需要太大、太多的知识，只要你吃苦精神好，手脚勤快，多跑路就成，有时候甚至需要张口骂人出手打人，骂得越肮脏、打得越重，仿佛对以后开展工作就越好、就越有成效。并且这种泼辣的工作态度常常会受到大家的尊敬、信任和好评。大家有时候也会情不自禁地觉得：在这种环境里，知识这种华而不实的东西大多数情况下似乎是多余的，没多大用处！富贵走马上任当上副乡长后，眼一眨之际就又升任为乡长。当然他也遇上了一些小小的挫折。因为他不满足现状，欲望促使他想往更高处爬。于是富贵便觉得必须得结交一些对自己更有力量的人。《高老头》中有一句话讲得好：要进天堂，必须瞅准上帝下手！富贵不知道这句话，但直觉和生活经验告诉他到底谁是主宰自己命运的"上帝"。富贵不但往县上的主要领导家跑，还朝市上和省上跑。人情世故从古至今各个阶层、各个角落都一样。礼尚往来原本也是生活中一件不可或缺的平常事儿。假如你不这样你就在这个环境里待不下去。走上仕途就跟在江湖上一样，更是身不由己。要在某一领域里立得住脚，你就得有靠山，否则就很受气，也常会有人莫名其妙地嫉妒，找茬挤对。但是你要结交靠山，就得经常请客吃饭、送礼。倘是到城里找更大的靠山，路途上的费用，包括吃饭住宿也是一笔看不见的——但时间一长——却可以累死人的开支。但好在这种运行的过程相当于一场赌博，押的赌注越多，就有可能赢得越多。当然也可能输得很惨。富贵自当上乡长后，和当地的地方势力来往颇为密切。他还帮助当地有势力的人贷款买了推土机。当时上面正好有一项把山地推成梯田的政策，号召全乡的农民平田整地。并且县上还给老百姓每亩地补贴了一些钱，农民自己再拿出一些钱，让乡政府协调从外面叫推土机帮助农民推田地。于是富贵就和那帮地方势力搭伙挣了不少钱。但是，现在的老百姓却并不那么好糊弄，他们就到处上访，结果告到县委书记那里。老百姓还说富贵这人很嚣张，越来越不像话，尾巴翘到天上去了。说他还自己称自己是天王老子，把谁也不放在眼里。一个芝麻大的乡长把谁也不放在眼里，这是一个什么概念？这就让县上的头头们很恼火。县委还可能考虑到重用这样的人在老百姓中影响极其不好，觉得这个富贵也他妈的太张狂、膨胀了，弄不好连他们也会连累了。于是就把富贵调到另一个乡政府，并且把他从乡长降为副书记。但不久县委书记调走了，新上任的书记是以前的县委副书记，在此之前他没少受前任书记的气，与前任书记是有你没我的政敌、死对头。有一次新书记下乡视察工作，听到富贵用极端难听的言语破口大骂前任书记，说前任书记认钱不认人，曾多次向他索要钱，他没给，所以前任书记就记恨他给他一直穿小鞋，并降他的级。富贵还讲前任书记如何嫖女人的笑话和现任书记套近乎。书记听了心里便觉得特别受用、快活。觉得富贵他妈的竟是个敢于讲真话、讲实话的人。时间不长，富贵就升任为乡党委书记。当然也不排除富贵还使用了一些他一以贯之的请客吃饭、送礼的手法。富贵当上书记后，又和当乡长那时候一样肆无忌惮，买了一辆野狼125摩托车在县城、乡镇、村庄一带来回穿梭。他嘴里时常洋洋得意地哼唱着："书记、乡长、骑的摩托捎的羊，村村都有丈母娘，夜夜都在入洞房！"更令大家意想不到的是，两年之后这个大字不识半个的富贵竟然调到县上当上了文化局长。反过来一想，也合情合理，因为富贵毕竟没有文化，要是有文化像他这样无孔不入的人就有可能到更加实惠和有钱的大局去，比如到财政、民政、教育、交通、人事等部门去当局长。文化局毕竟是个相对比较穷的单位，别人看着也不眼红，也不跟他较什么劲儿，激不起争斗兴趣。但是，话又说回来，文化局再穷它也是县上的一个大局啊，什么文工团、文化馆、文化站、博物馆、电影院等等，在这里养着接近一二百口人。倘若富贵在每个职工每月的工资上稍稍克扣一点点，或者把上面要求单位承担职工的一部分养老保险金不交，叫职工自己交，职工自己交上后，他却又不上缴社保局，索性直接花掉或者存到银行里花利息。而职工又不敢向上面反映。这样日子不是也挺滋润吗？另外，他再通过自己的关系四处跑跑，要点钱，县上财政再给上一点，这样可供他个人花费的资金还是有一些的。加上单位上的职工以单位的名义集体贷款集资建房什么的——这样的贷款风险基本由职工本人和单位来共同承担——局长便可以和建房的包工头平均分红，甚至比包工头可以分得更多一点。当然集资建房不可能按集资的人头给每个集资人只建一套房子，肯定还有多余的，至于多余的房子，毫无含糊，自然就归局长个人所有。别人也不敢说什么。这样看来文化局虽然比上不足，但比下有余。总之大家都知道瘦死的骆驼比马大呢。俗话讲得好，穷庙富和尚嘛。一个单位再穷，当头头的总是不会受委屈的。当然也有人问：怎么没人告状呢？有体会的人都知道，现今在单位上混的人觉悟比老百姓的还不如，基本都麻木了。再说谁不想在单位上混了谁就去告吧。告人一状，十年难忘！所以，现在工薪阶层的人普遍压力都很大，常常像惊弓之鸟一样，连一句正常的话也不敢讲，大家互相警惕着、防着，脑子里的弦似乎都绷得很紧。因为有些喜欢无事生非的势利加奴才的小人，从来都不甘寂寞，时刻想找个什么事儿到局长跟前表现一下，或者在局长那里讨个好。所以大家常常都在互相猜疑，都躲在暗处想给别人制造点麻烦。据调查，处在行政事业单位较弱势的一大部分人夜里常常做噩梦。他们时刻想脱离这种生活，但又仿佛觉得哪儿都一样，甚至觉得或许还不如眼前。工薪阶层的人就靠几百块钱的工资养家糊口，有时候害怕自己的直接领导比害怕自己的亲爹妈要强烈一百倍，因为只要别要他（她）们的命，他（她）们可以把什么都献上去。大家觉得有一份工作确实也不容易，都比较重视和珍惜的。富贵当上文化局长后，开始对戴一副近视眼镜、会写几个汉字的人还有些恐惧，但逐渐就觉得有文化的人比没有文化的人更加好领导、更加好管理、更加奴性。凡是有文化的人都有一个致命的弱点，就是喜欢委曲求全，喜欢迁就和容让，大多数都显得柔弱气短、虚伪、脆弱，经不住风吹浪打。越是书呆子，越是显得没多大出息。在中国，这种内心丰富多彩的底层文化人是很狼狈和悲哀的！这是没一点办法的事情。但对于富贵来讲，这就让他暗暗感到欢喜、感到这些人真是异常的好糊弄！但是，同时他对这些人既同情，又瞧不起。他觉得有文化的人也不过如此，没有什么神秘和了不起的。只不过知道一点空泛的、没有丝毫实际意义、不能当钱使唤也不能当饭来吃的贬值的书本上的东西。这些人连一点最基本的反抗意识和斗争经验都没有。这种书本上的东西在生活和官场中没用。一点用处也没有！

　　每天，富贵都和那些大家司空见惯大腹便便的地方上的小官员们一样，同样也挺着一副向外突起的大肚皮在人们的视野里不甘寂寞地晃来晃去。对于这种大腹便便之人老百姓都众说纷纭，有叫它将军肚的、有叫啤酒肚的——据说这种肚子的人是由于长期喝啤酒，叫啤酒给冲起来的——也有把这种肚子的人说成是腐败分子的。似乎小说里也习惯这样写。当然生活里有许多这种肚子的人，但却毫无地位，处在社会最最下层，想腐败也没条件。文化局长富贵走路的时候，脚尖总是有意无意地朝向外面傲慢地撇出去，两瓣肥硕的屁股扭动得异常迟缓和艰难。你看到那样的一副屁股，直觉会告诉你：它无论压到任何地方，那里都会因承受不了它的分量而深深陷下去一个坑。这是一点也不夸张的。

清早，文化局长带着美丽的遐想，迈着坚实的步伐，满怀信心地走进自己的洁白亮丽的办公室。办公室早已被秘书打扫得小狗舔的一样干净，纤尘不染。局长富贵舒心惬意地坐在黑色的老板皮椅上。他两只手捧着下巴，双肘支撑在办公桌上，无所事事地、干巴巴地坐着。他思索着一些事情。到底在思索什么，我们确实不知道，只能靠想象。但他显得像一只高高飞翔在云端顶的大鸟或者雄鹰一样孤独。因为他也许觉得自己和这些无所作为的泛泛之辈不一样，和这些凡夫俗子不能相提并论，所以特别容易感到孤独。"人活着，必须要有一种方法来遣散这种莫名的孤独。"他想。

不久前，富贵把自己的情妇调进了文化局。因为两个人基本上还尚未从炽热的、轰轰烈烈的燃烧中冷却下来。所以，似乎有点形影不离的架势。金富贵让这个叫刘春花的女人成为情妇，共分三步来完成：第一步是先把她从粉丝厂（快倒闭了）调进电影院，他可以和她接吻，隔着衣服摸她的乳房；第二步他给了她一个电影院经理的官儿，她可以脱掉上衣，让他亲她倒扣的碗一样大、凉粉一样颤抖和光滑的乳房——有和刘春花一起到澡堂洗过澡的女人都见过刘春花的乳房，说是丰满得有如两只白花花的大月亮——以及她可以只穿一条裤衩，仰躺在床上或者沙发上允许他啜饮她身体的隐秘，但不让他上；当他把她调进文化局，坐在窗明几净的办公室时，她才把一切给了他。本来富贵是完全可以把刘春花强奸了的，但他偏偏就是不想用暴力，他觉着使用暴力解决显示不出自己的权势。富贵就是想软软地一点、一点深入，直至全部占领后，把胜利的旗帜插在刘春花最最险要的高地上。刘春花让富贵玩是玩上了，但要让他玩好、玩尽兴，首先希望富贵能给她弄到一套房子。刘春花的这个愿望很快就实现了。刘春花的要求也是循序渐进，她一次比一次让富贵感到新鲜和奇妙。富贵已经有些离不开刘春花了。刘春花看在眼里，便伏在富贵耳朵上说："还有更加要命的呢，慢慢来吧！"但是刘春花又提出新的要求，希望富贵能把她的男人也调进文化局，说这样她男人心理上也就平衡了。因为刘春花男人也知道这件事。他是个惧怕老婆的人，觉得自己的女人由粉丝厂一个起初拿不上工资的工人到现今一月能拿一千块钱的事业单位职工，可以说是平步青云，并且还住上了一百多平方米的大房子，觉得并没吃多大亏，提出只要妻子能把他也从粉丝厂调到文化局上班，以后妻子想干什么就干什么，他永远都不干涉。但这个愿望却一直没有实现。对于这件事，也许富贵有自己的想法：让情妇的丈夫到他的单位上工作，似乎不大合适。就一直拖着没有给办。

副局长的办公室和富贵的办公室只有一步之遥。富贵在躺椅上摇摇头，扭扭脖子，随意地抓起电话给副局长打了个电话，叫通知全文化系统的人，赶快到文化局的五楼会议室来开会。富贵说是有一个紧急会议。分管办公室的副局长马上叫秘书和办公室主任过来，叫他们立即电话通知文化系统全体职工来开紧急会议。主任、秘书就给文化局下属的头儿一个接一个地打电话。文化局下属的头儿们又让他们的办公室通知全体职工立刻出发到文化局会议室开会。有几个下属单位，比如博物管、城郊文化站距离文化局比较远，走起来得好大一会儿工夫。但是，大家知道局长是个脾气暴躁的人，一个个哪里敢怠慢，骑自行车的、坐一元钱一趟那种三轮车的，也有用自己的双脚小跑的。

不一会儿，大家气喘吁吁地赶到文化局会议室。

局长突然通知召开紧急会议，大家统统以为有什么重要的事情，一个个在台下正襟危坐，内心感到不安和压抑。会场显得鸦雀无声，只有刚刚因赶路跑得尚未平息下来的职工的喘气声还在周围急促地飘散。

一束束睁大的目光，定定地瞅着坐在台上的局长。

局长那张显得肿胀，但却横肉片片的脸上，带着一种藐视的，然而又糊里糊涂的表情。他略微有些干涩的破锣嗓门在台上猝然地响起来。顿时，坐在台下的职工一个个把头深深低了下去，深深低着，显得恐惧和颓丧不已的样子。看那情形，内心一定忐忑不宁，仿佛有一面阴影堵在胸口。他们似乎担心他们做错了什么的样子。但是他们的内心真的希望局长今天不要骂人，希望局长能给他们讲一些文明的话、干净的话，能好好给大家组织一场有益于身心的业务学习。

局长的头发有点淡淡的黄，卷曲，发出褐色颜料光泽的痕迹。"你们一个个猪头夺拉在地上吃屎哩吗？"

大家有的觉得局长很幽默，想附和一下局长发出点欢乐的笑声，但觉得局长这人有时候反复无常，就硬憋着没敢笑；有的听了局长的话，仿佛受了侮辱的样子，但却敢怒不敢言。局长继续说："你说你们一天都是些干啥的？你说你们能干啥？有几位同志听说还能写东西，拿过来让我先看一下嘛，瞧不起我吗？不就是会写几个小豆腐嘛，有什么了不起的。谁在乎呢。你没听人说过吗？骄傲是失败的根子！我是个粗人，我觉得不写你就和我一样啥都别写，要写就写点大的嘛，就像电视上的那个李白、郭沫若、鲁迅一样，让全国人民都知道你的名字嘛。你瞧瞧人家那才算是真正的文化人。而你们，瞧瞧那熊样，尽在那些不疼不痒的地方挠来挠去，胆子小得跟个老鼠一样。不是我小看你们，你们连最起码的人格尊严都没有，你看电视上的那个李白连皇上都不放在眼里。你们谁敢把我不放在眼里呢，谁敢？"局长看着这个，"你敢吗？"又对着那个，"你敢吗？"然后又冲全场的人说："谁敢？谁是他娘的儿子娃娃谁就站出来？看我不当场扒下他的皮。我谅你们也不敢。所以我断言你们一辈子也搞不出什么名堂。我知道我的水平不高，因此我也就不写，我看你们也就别装模作样了，咱们都是半斤八两，姊妹两个比东西哩差不多。你们不就是自己写给自己看吗？就像有些人在镜子里看自己的身体一样总是看个不够！"

金局长就跟重复一个老掉牙的故事一样，约有一两个小时重复和讲着一些鸡毛蒜皮的话。他讲够了之后，也不问三位副手和职工有没有话说，自己就大手一挥："散会！"

富贵局长就是这么任性，这么随意，想干什么就干什么，完全的人性的自由和解放。但他对手下却是完全的专政和束缚，让他们在一种透不过气来的压抑中工作。

大家心里带着怨气，却不敢表现在脸上，就又忍气吞声匆匆离去。

大家走后，富贵回到办公室很无聊，便分别给几个女朋友打电话，打了一个多小时的长途电话，谈的都是关于性生活方面的问题。打完电话，他就在办公室一声不响地坐着，显得很高大。谁也猜不透他此刻在想什么。但是他的表情看起来高深而莫测，甚至令人有几分恐惧和害怕。因为一个文化局长坐在办公室不看书、不写字，什么都不干，就那么面部凝重然而心上却仿佛干着一件又一件不可告人事情一般地坐着，就让人心里感到发毛。富贵局长的心里像是藏着一个魔鬼，巨大的魔鬼。有时候，你觉得这个人确实有一些与众不同的神秘的东西，令人匪夷所思和莫名地钦佩；有时候他又像一个影子一样，或者鬼魂一样，虽然肉体跟个雕塑一样坐立在办公室，然而魂魄却似乎游荡在一个又一个办公室，无论大家讲什么话，议论任何事情，都逃不过他的眼睛和耳朵。单位上每一个角落里发生的事情，他都仿佛一清二楚，了如指掌。他身体的重量差不多有两百斤，但走路不需要声音的时候，就会神不知鬼不觉悄无声息地突然出现在大家的身后面。这让大家感到头皮麻了又麻，脚心里发凉，脊背里会禁不住冒出一丝丝冷汗。渐渐地，大家觉得文化局长是一个有神力的人。

接近中午的时候，文化局长富贵打电话叫文化馆古馆长、包工头李全，以及刘春花陪他去金汤餐厅吃饭。饭后，又让古馆长和李全提一件子啤酒和一条红塔山到他的办公室去。他说他和刘春花先去办公室等他们。文化局长富贵每次想抽烟、喝酒，就直截张口向文化局下属的几个单位的头儿要，搞得他们苦不堪言。他还借助视察节目为名，常常到文工团转着看，倘若突然对哪个女演员产生了情趣，就要往他的办公室里叫。谁如果拒绝不好好听他的话，他就不让她演一些重要的节目，还不给好果子吃。

关于文化局长金富贵和刘春花的事，已经成为众所周知的事情。他们自己也不回避古馆长和李全。似乎没有回避的必要。刘春花现在已经是文化局的出纳兼会计。富贵前段时间到北京接车还带着刘春花。两个人出门时像一对新婚夫妇，度蜜月的样子。他现在去哪里都要带上她，似乎一步也舍不得离开。这个脸有些黑，剪发头，但是个头高高挺拔、身子却十分优秀的女人受到了富贵前所未有的宠幸。他们回到办公室的时候，先用舌头碰了碰对方的嘴唇。嘴皮似乎都有些湿了。然后接了一个长长的吻。这时，古馆长和李全一个提着啤酒，另一个在胳膊下夹着一条红塔山烟径自走进来。

刘春花大大方方从富贵局长的腿上站起来，拽拽衣衫，理理头发走过去坐在对面的沙发上。古馆长和包工头李全看到文化局长富贵和刘春花就像看到一对两口子。他们不会大惊小怪，当然也不敢给另一个不在场的人乱讲的。在任何场合都永远话口不提。这也是一种游戏规则。

他们都坐到了沙发上，把茶几拉到跟前，拿出扑克开始翻"顺子"。刘春花紧贴在富贵的胯骨一边看，一声不吭，似乎有点新娘子的含蓄、腼腆与娇羞。三个男人有输有赢。一直玩到两点半上班的时间。富贵站起来说："上班了！"

古馆长和包工头李全就告辞走了，刘春花也跟上走出去回自己的办公室了。富贵不主动留她，她就是一个下属，该干吗去干吗。

下午的时间似乎过得飞快。文化局长依然像往常一样久久地坐在皮椅子上像是想着一些难以言说的事情。他的面孔冷漠而冰冷。他像一只独自在高空中飞翔的雄鹰一样，那么孤独、那么傲视天地和不可侵犯。或许，或许他的脑子里什么也没想，只是一片空白和苍凉。他也许已经修炼到了一种顽固的无我无他的最高境界。

他下午在一段时间的某个间歇里，似乎一下子忧伤极了。痛苦的表情在脸上漫漶、游荡。他似乎感到愧疚和自责。另外，仿佛有一阵嫉妒的火焰在焚烧他的心灵。他像是恨自己为什么被生在这个世界上。他似乎在心里鄙视和厌恶自己那个曾经处处防着他、一次次把他当贼的妻子。他觉得现在可以让她满意了。他觉得他的妻子在他多年寂寞的人生道路上给过他温暖，当然也给过他折磨和痛苦。这使他的内心深处跟生长粮食一样，一茬接一茬地生长凌乱的野草。甚至觉得有个隐藏在肉体最里面的诡怪的东西一直倔强地煎熬了他多年：那就是背叛和被背叛，欺骗和被欺骗！他猜测怀疑妻子就跟猜测和不相信自己一样。这种折磨和痛苦加重了他对一切事物的冷酷和憎恨。还有一种强烈的变态般的妒忌感和报复欲。

他仿佛决定什么也不再想了似的，摇了摇头。

蠢蠢欲动的原始的欲望像呼唤他的乳名一样地小心地呼唤他。所有的罪恶的感觉慢慢消失了。灵魂被一层迷雾一样的东西掩盖了。他又成了一个肉体糜烂的人。确切地讲，是一只精力旺盛的动物。他打电话叫刘春花到办公室来。他让她把裤子抹到无法再抹下去的地方。然后他们开始在黑色而巨大的办公桌上做爱。由于他的个头有点矮，他不得不踩在椅子下面的横杆上。这样才显得得心应手，才能够纵横驰骋。

桌子上的一切被通通推到了地上。

桌子在尽自己的力量承受着来自侧面，即另一个方面（并非办公）的冲撞、袭击和压力。这张桌子，真是结实！它像农民伯伯耕地的黄牛一样一声不吭，默默无闻地履行着自己的职责和义务。

这时，时间已经不早了，下班的人们陆续走出单位，作鸟兽散。因为有一个通常意义的形式上的家在那个熟悉而陌生的地方期待着他们的归来。

一天就这样过去了！

文化局长富贵在办公室的洗脸盆子里洗净了手。他一言不发、面无表情地先自走了。丢下刘春花一个人内心满足而又空茫地整理着衣衫，然后去收拾那满地的狼藉。

# 妈妈

## 一

我穿着黄球鞋，穿过村子一条条巷道；我沿着邻居家那低矮的土墙到打麦场上去玩。麦场上的大人和孩子都仿佛盯着我的黄球鞋。因为我的黄球鞋在整个村子里都是那么引人瞩目。能穿上黄球鞋的全村子能有几个？买球鞋是村子里的人想都不敢想的。

然而，还是有眼尖的人看到了妈妈补在我衣裳袖口上的一块红条绒布。"你们快看，这原来是个女子娃娃！"一个脸黑得像锅底样的人严肃地嘲弄我，"赶快来看，这个女孩子马上就要哭了！"他指着我，指着我衣袖上那块刺目的红布。

"他们干吗不说我的球鞋？"我想了很久也弄不明白，"他们干吗只盯住我的那片破布不放？"这也许就是人的议短和嫉妒之处。

我要躲开这帮人，往没人的地方走。我真是从小就学会了逃避人群。

可是，一群孩子撵在我的身后，拼命叫我："女子！女子！"

我飞也似的跑回家，用手狠狠地撕扯妈妈补在我袖口上的那块红布。我一边诅咒，一边跺脚撕扯。

"你这没法骂的。"妈妈已经变得十分暴躁。她和父亲三天两头吵架——我们都已经习惯了那种音乐，听不到他们的吵闹我们会感到寂寞。"那么新的衣裳，你撕它干吗？"妈妈举起手就要打。

"人家都说我是个女子。"我大哭了说，"我明明是儿子嘛！"

"谁说的？"妈妈的气消了，笑着说，"他们的眼睛瞎了吗？"

我说我不穿这个衣裳了。

妈妈劝了我几句，见我不听，就拿来剪刀把那块红布拆了，又在自己用黑条绒布做的一件心爱的缠腰上剪了一片，缝到我的那件衣服袖口上。"现在谁还说我的儿子是女子，那他的眼睛一定是瞎啦！"

我穿着妈妈补好的衣裳，重新走到打麦场上。我心里说："你们看，你们现在看呀！"

但是，那些大人们却不理我了。

一群孩子走过来，看我脚上的球鞋愉快地赶着一枚石子。他们盯着我，盯着我的球鞋灵活地拨动石子。

"这是我大（父亲）给我买的！"我说。我把脚抬起来，让他们瞧我的鞋底子。那时，我还真的糊涂地以为我们的父亲是我们的骄傲呢。其实，他真的没有做出一件令人骄傲的事情，除了只是个男人以外。

那些孩子们，就把腰弯下来，弯得虾米一样看。过了一会儿，一个孩子忽然大声说："过两天，我大给我也买一双（鞋），比你的还好！"

他们都说的是父亲。那时，却没有一个人说他们的妈妈，都是父亲如何如何。长大后，我们才知道我们是多么的无知；我们才知道是谁十月怀胎一朝分娩；又是谁把我们从湿处挪到干处；是谁把我们抱得紧了怕捏疼、抱得松了又怕跌在地上，一直把我们含辛茹苦地拉扯成人。

孩子们撇下我，一个个转身走掉了。

直到现在，我才知道许多人眼里只有父亲而没有妈妈的原因：只因为妈妈们是女人而已。所有女人们干的成绩，男人们就会把它抹杀。甚至，许多个性、自尊强的孩子，他们在精神上总是会莫名地需要和崇拜父亲。他们从小就被大人灌输得很在乎父亲的言行举止，却极少关注自己的妈妈。今天，我要使这种倾斜，真正变得和平。

二

大河的水已经结冰了。直到太阳出来后，冰才一点一点地消解了。到了晚上，温度降下去之后，河面就又冰冻了。

这天下午，村子里几个比我大的孩子，叫我跟他们一道去山上放牛。他们说山上十分好玩。我听着，从未有过的新鲜。那时候，整个秋冬季，西海固的牛羊都在山上吃着干枯的冰草胡子；即使没有草，哪怕牛羊啃黄土也得到山上去啃。

我跟那一帮孩子们过大河时，不知怎么我的鞋子不见了。我想我的鞋子一定是掉进河里了。反正，一眨眼鞋子就不见了。我站在河心不知所措。

"我明明是夹在胳膊下面的！"我对他们说，"我一定要把我的鞋子找见，我的鞋子掉进河里了。我找不见鞋子，回去妈妈是要打死我的。"

一想要挨妈妈的打，我就无比害怕。真的，妈妈的严厉已经让我们到了心惊肉跳的程度。

"我一定要把我的鞋子找回来，"我说，"否则，我不敢回家。你们都帮我找找吧！"

"如果是掉进河里，大约是冲到下游去了。怕是找也找不见了。"一个对我的鞋子向来不满的孩子，幸灾乐祸地说，"要找你自己去找，我们都很忙。"

他们跟上牛群走远了。没有人想着帮助我，却在看我的笑摊。这就是人！

整个大河湾里剩下我一个人。四周显得空阔和令人害怕。河水翻腾着。水面漂浮着未完全消解的冰块。冰块在裹挟着泥土芳香的浑浊的水面上闪闪发光。

我沿着河水一直往下游跑了很远很远，也没看见我的鞋子。我想："鞋子一定被冰块挡在上游了。也许就在我过河时水中站立过的那个地方。肯定的，鞋子水一湿就会沉下去的。"

于是，我又光着硌得生疼的脚丫，拼命跑回我原来过河的那个地方。

我把裤筒一直卷到膝盖以上，慢慢走进了河。河水冰得我咬牙切齿。我感到骨头疼。牙缝也疼。我咬着嘴唇，用脚丫子在河里摸索。河水冰得牙齿上下直打架。一股清泪挤出眼角，掉入河里。

我的裤筒尽管挽得极高，可还是叫水湿了。

我从河里走出来，迅速把河滩上的沙土擦到腿上，以此来缓和腿上的寒冷。

一会儿，我又走进河里。这次，河里的冰碴划破了我的腿子。我走出河，任血顺着腿肚子往下流。

我在河滩上略微坐了片刻，就又走进河里。我觉得妈妈提了皮鞭站在我的身后逼着我一次次走进河里。我如果不从这条河里提着鞋子走上来，妈妈就不会让我回家。

裤子湿透了。我索性脱下裤子扔在河岸上。我开始在布满冰块的河水里手脚并用寻找我的鞋子。我焦急地想把这条河用火烤干。我一边哭一边在水里疾速乱摸。"球鞋，你出来，否则我回不了家，妈妈会要我的命！"我一边寻找一边在心里默默地埋怨。

我一次又一次走上河来；一次又一次又走进河去。

我的脚、腿和手完全麻木了。一片云彩开始徐徐地把太阳整个遮住，大河在阴影下变得越加浑浊了。这条苦水河就躺在我的脚下。最后，我由丢失鞋子的恐惧和害怕，逐渐变成了对妈妈的怨恨。这种怨恨在我的人生历程一直持续了很久很久。如果妈妈说："丢就丢了，不就一双鞋子嘛！"那我就会立马回家的！

可是，妈妈是不会这么讲的。她永远都不会这么讲的。

我站在河里，总是能看见妈妈那严厉而近于残酷的面孔映在水面上。细回想起来，童年的这条河曾在我的记忆里多么刻骨铭心。我曾无数次感觉到妈妈为了那双鞋会让我以死相赴。

那天，我一直找到晚上，也没找见那双鞋子。我光着脚丫和那群放牛的孩子一块回到家里。

我一个人偷偷藏在灶房里，给冰割烂的腿上贴棉花灰。

"你的腿怎么了？"妈妈问我。

"没啥。"我吓坏了，支支吾吾地说不清。

我想，鞋子丢失的事妈妈迟早是会知道的，知道了肯定是免不了一顿打的。要挨打就早挨。于是我说：

"妈妈，你打我吧。你打完了我再跟你说。"

"你先说。"妈妈已经断定我是犯下错误了。她的脸色和声音一下子变得令人害怕，"如果你不想挨打，你就赶紧说。"

我缄默着。

"你说不说？"妈妈朝四下看了一转，仿佛是寻找惩治我的工具。

"我把鞋子掉进大河里了。"我说。

"找去！"妈妈只说了这两个字。

"我找了一天也没找见。"我说。

"找去！"妈妈再次说。

妈妈的话就是命令。我顶着漆黑的夜色往大河里赶。我是多么惧怕黑夜啊！

妈妈在后面逼着我前进，不许后退。后路被妈妈断掉了。我只有前进的份儿。哪怕前面是刀山火海。我没想到，我竟然一点不觉到害怕。

现在回想这些，也许有人觉着妈妈为一双鞋子不会那么小题大做。然而事实就是如此——为一件极小极小的事，妈妈都会认真到底。她从来都只要结果，不要过程。她会在一条道上叫你走到底，哪怕碰得头破血流，哪怕不惜牺牲。就是这样。

我坐在大河边倾听月光和夜色流淌的声音。想不到白天那么嘈杂那么喧哗的世界，我却充耳不闻。而此刻，那些不事张扬的微小潜藏的声音，却是如此诱人，像低声而肯定地叫着我的名字。

我静静地聆听着。

那天夜里，我听明白了一种大自然的声音——来自另一个世界——一种坚硬的力量。我听见水是在一种力量下凝固着，凝固成冰块。河在冰下面孤独地浅吟，抑制着那悠长、阴郁的音调。我巴望听到河的歌吟。怀着畏惧与怜悯，我听到了一条河成长的经历。它的成长即是它打孤独中流向远方。我发现星星像灯盏上的火星一样闪耀。夜空是属于我的。冰面反射出石头的惨白和枪管的气味。

从那一夜，我开始敢与黑夜对话了。尽管我一生都在与小人较量，都在被黑夜的恐惧折磨着。

此时，也许有狼会沿着冰凉的河沿前来偷袋。

"明天，我要一点一点地，砸烂所有的冰面，像梳子梳头一样把这条河齐齐梳一遍。"我对自己说。

"找去！"妈妈的话时时响彻着。

我在大河沿边一直坐到天亮。尽管彻骨的寒冷把我折磨得死去活来。也许，人的一生是要经过许多次新生和许多次脱胎换骨的。

"我要一天又一天地在这条河里淘洗和寻找我的鞋子！"

在接近黎明的那一刹那，四周的一切都是那么寂寞，一切都沉没在破晓前的沉睡当中。一阵清冷的微风从我脸上拂过。我站起来。天已经破晓。天上还没有升起朝霞，可是东方早已发亮，四周围的一切都逐渐可以辨识出来，虽然仍旧是模模糊糊的。淡灰色的天空慢慢转亮，清冷而蔚蓝；星星有的闪着暗淡的微光，有的隐去了；地面上是潮潮的，远处传来了牲口的喧嚣和人声，一阵轻微的晨风从大河沿上吹拂过来。给风一吹，我的全身微微震动了一下。所有的一切都活动或更加凝固起来，都在觉醒。向远方而去的河面上，闪耀着冰块的光芒，好像在欢迎我似的。

天大亮后，我看见那双黄球鞋就在我身边的一块河石旁躺着，躺得极其平静、极其安详。

有一根野鸡的羽毛被冻结在冰面上，突出的部分在微风中美丽地摇曳。

"鞋子本来就一直放在那里——只是因为我的心在动罢了！"我想，"是妈妈坚定了我，她使我变成了一个真正的战士。"

我穿着鞋子走进家门的时候，妈妈只是平淡地看了我一眼。

三

第二天，我就离家出走。我在外面漂泊着。我觉得我辜负了妈妈对我的期盼。尽管我很难说清她那平凡得无从着笔的面容和相貌。

我想，我是不会硬编故事的。我永远不会为能编故事的小说家而感到骄傲。

离开西海固，我踽踽独行，开始了一个人与整个世界之麻木、混浊、病态、邪恶、苦难的战争。在远得让人愁肠掉泪的地方，我想着妈妈时，我觉得是她老人家成全了一个儿子的虔诚举意。她使我从一个面对苦难就退却的孩子，变成了一个真正的战士；并使我成为一个固守良心的高贵之徒。每当我站在家乡的大河边，站在黄河、长江的渡口，我才懂得了"妈妈"这两个字的含义，以及它亘古的分量；同时懂得了中国这艘满载儿女走过苦难历程的老船。

# 民兵连长的鹞子

　　民兵连长家的男人都是军人，从老子到儿子都无一例外。只不过老子木中常当年身不由己，被抓去当的国民党的兵，后来逃了，躲藏在深山老林直至解放后才出来。儿子老大、老二、老三，均是中国人民解放军。

　　为什么他们一家人，那么容易成为军人？

　　主要是他们的个头都极其高大，五官统统非常端正，瞧那魁梧的样儿，倘若和人打起交手仗来一个可以顶他两个，谁都觉得是当兵的料子。

　　木长元刚刚从部队回来，穿着崭新的黄军装，在村子的巷道里放开脚步甩手一走，那姿势好看威武得像陕北的刘志丹似的，一时间新鲜风光得都到了炙手可热的地步，一大群女子看在眼里、想在心尖，可就是不敢公开表白。只能偷偷摸摸的。当年，农村女孩子还不大敢抛头露面。所以，那种火一样燃烧得胸腔都觉得疼痛的感情只能深埋在心底。

　　后来，随着时间的推移，木长元身上那几套军装都穿得褪色了，但从来都不见他从身上脱下来。他仿佛舍不得脱下。他的心里有种真挚的军人情结。而村子里的老百姓，他们那时节也对军人有种特殊的感情，情形就跟现在的年轻人盲目迷恋三流诗人或者电影明星似的迷恋军人。说白了，老百姓从骨子里有一种说不清楚的几乎忘我的爱军人热潮。一直称呼他们是最最可爱的人！这似乎是发自内心的真诚的呼唤。这也从木长元刚刚从部队一回来就成了大队里的民兵连长可以看得出来。可见，当时军人在人们的心目中是多么吃香哇！不知是民兵连长的母亲还是哪个姑娘给木长元制作了一个红绣腕子，上面用蛋黄色的丝线绣了"民兵连长"几个醒目的字，戴在胳膊上那么昂首阔步地一走，军人的风采和英姿立时就显现出来了。

那时节的民兵连长木长元可谓"二"得了不得，动不动就带一帮子村子里的年轻人，在大队院里手拿长矛似的木棒"杀、杀、杀"地练拼刺刀，练稍息、立正、卧倒、起来，弄得大队院里整天价尘土飞扬，吸引了几个生产队的村民来观看。

大家看到精彩的地方，就情不自禁地鼓起了掌。

刚从部队回来的木长元，显得出类拔萃，连脸上的皮肤都与众不同；整个生产队的人，就他一个人天天早上起来刷牙，刷牙的时节便自然而然地从嘴唇两边流淌出动人的细白沫子，迷人和耀眼呐！他的漂亮似乎是经过当兵之后才凸现出来的，而以前却并不怎么引人注目，和大家也没多大的区别。看样子，部队真是个出息和锻炼人的地方啊！你看如今的民兵连长木长元，面容漂亮，牙齿也真是分外的白和美，像一口艺术品似的。一头乌黑的令人羡慕的自来卷头发，似乎均都是因为当兵当成了这个样子的。

当然，民兵连长他们父子几个都很优秀。他们长得也很相像，他们一旦立在一起，你瞧，就像一个模子里铸造出来的三枚乾隆古币，只不过老木、大儿子、二儿子这三枚的时间久远一些，略带锈迹，边缘已经磨损得严重，已经趋向模糊或者粗糙。而眼下的三儿子这一枚却光彩夺目，洁净明亮，完全保持着刚刚铸造出来的光泽和柔和！

那时节的农村热闹非凡，常常都有稀奇古怪的事情。

时间不久，支左部队来了，基干民兵要配合支左部队进行训练，在北山根里插的纸糊的靶子，纸牌子上就像小娃娃画太阳那样画着许多大圈小圈，表示靶子的环数，10环是中间最小的那个圆圈，谁如果能把10环打中，那就说明靶子端得了不得，给口头奖励呢。别小瞧那时间的口头奖励，有很多人想得还得不上哩。民兵连长木长元的靶子没的说，一枪一个10环一枪一个10环，那样的军事技能把支左部队的首长都给吓了一跳，说："我这么一大帮子手下，还没个像这狗日的，一打一个准！真叫人心里不是滋味啊！"他忍不住在旁边的一个民兵跟前打听，问民兵连长是从哪个部队下来的。

那民兵悄悄告诉支左部队的首长，说他们的连长是从特务连下来的，身手好是麻利。

一听民兵连长是从特务连下来的，大家开始重新用异样的目光打量着这个似乎有些传奇和几近神秘的英雄，更加肃然起敬。

"怪不得武艺这么高强！"首长像贺龙元帅一样，抽着大烟斗，颔首称赞着。

渐渐地，大家把民兵连长传说得越来越神奇，给他原本就灿烂生辉的身上，镀上了一层新的光环。有些人甚至还说他曾经是许世友的警卫员什么的，得到过许司令员的少林武功真传。

这可就更加了不得了。许世友是何许人也，人家是名满天下的大将军呐，这对于山野间的民兵连长木长元是个什么概念，是可想而知的。

山在哪里水又在哪里呢？实质上，大家是不知道许世友当时在哪个部队哪个军区的，而民兵连长木长元当年当兵似乎是在大西北什么地方。当然，大家谁也没见到过他的少林功夫，就无从证实这些杜撰和影子。反正老百姓都说不清楚。只能去慢慢猜测，把他理解成一个神奇的人。

大队里的领导见民兵连长比支左部队都厉害，便乐开了怀，感到十分光荣。尤其是亲自提拔木连长的民兵营长马绣兰，叫队长拼命地给民兵连长加工分。民兵营长马绣兰对民兵连长木长元爱护有余地说："只要你能给咱大队争光，在这些'正规部队'跟前给我们长脸、赢人，那就别怕少了你的工分少了你的粮！"

大家也都很服气，没一点意见。

人们的思绪多么容易一哄而上啊，从来簇拥着一件新鲜的事物或者新鲜的人物，就像一群蚂蚁狂热地抬一根稻草一样，抬了一会儿，抑或将之抬到一定的时间，就又把它突然莫名其妙地扔在那里，不复回首。

民兵营长是个人人见了都要敬畏三分的碎个子女人。全大队所有的民兵都归她指挥，她是连环挂帅，既是民兵营长，又是大队党支部书记呢。她的官在当时可谓大得了不得，想收拾谁就收拾谁，法办个人就跟裤裆里捉一个虱子似的，是轻而易举的事情。

木长元常常一股傲气十足的架势，加上有民兵营长给撑腰，一般的人问他，他回答都不屑回答。可是，就这样如此一个神奇的民兵连长，他谁的话都可以不听，可他必须得听党支部书记兼民兵营长马绣兰这个看起来并不咋的的小个子女人的话。他是她的部下。他被她管得定定的！别看那女人个头不大，但是喊一声木长元的名字。木长元就马上胸脯一挺，一个立正，双手立时垂得直直的，贴紧在裤缝的两侧，规矩得像个听话的小猫或者小狗一样。倘若你看着他站立的姿势，便会难以克制地觉得他的脚的拇指绷得很硬。他的臀部宽阔，稍微向下悬垂。他的肩部、腿、踝关节健壮有力，肌肉发达。你似乎觉得他浑身的每一根汗毛也都毕恭毕敬紧紧贴在身上。很多时候训练，马绣兰都站在一旁俨然首长一般，非常严肃地看着他指挥那些民兵操练。他为了做个样子，就把衬衣撩得高高的，以致可以看到他在部队训练时留在肚皮上的伤疤！

民兵营长，这个已经上了年岁的女人用意味深长的目光欣赏着这个刚刚从部队回来的年轻人。特别是他趴在地上瞄准的时候，她忍不住有点好笑。但她从不喜形于色。这就让民兵连长木长元更加怵她，对她琢磨不透。大家也发自内心地觉得人家民兵营长的水平就是比他连长高一筹，人家可以称得上是政治家，而他木长元只不过是一个退役军人。民兵营长马绣兰多数时间忙大队里别的事情，顾不上民兵训练这摊子事儿。如此一来，连长木长元就仿佛成了羊群中的骡驹子，喊叫立正和稍息的时候，声气也不再那么发颤了，跟牛叫似的，声音简直翻山越岭传播得非常遥远，震得地动山摇的。把那些军事技能落后的年轻民兵们训练得头上汗水直流，口里一个劲儿冒黑烟。

有一次，民兵连长木长元带领民兵正在和支左部队一道打靶。

民兵营长马绣兰身穿花格子的条绒布的布衫，背着手，从山坡下飒爽地走上来。

她是前来视察的。

木长元远远看见自己的营长来了，对手下："立正！"喝了一声。

马绣兰背着手走到跟前，微微一笑，说："你们训练得辛苦得很，歇缓一会儿再练！"

民兵连长奉命，对笔直站立仿佛等待营长检阅的手下挥了下大手，说："解散原地休息一会儿！"

有个年岁很小的民兵娃娃开玩笑间认真地对连长说："叫营长给咱们打几枪，营长靶子一定很端！"

连长木长元剜了一眼，说："去，滚一边去！"他怕万一打不准，失了营长的风度，作为手下，他得竭力护着营长。

但是，马绣兰见这一群年轻娃娃如此敬仰她，一下子感到十分高大，也开始有些把不住自己，说："打一枪就打一枪——把枪拿过来！"

她二话没说，接过民兵连长递过来的半自动步枪趴倒在低矮的土堆做的掩体下。

顿时，整个靶场上变得鸦雀无声。

民兵连长似乎比营长马绣兰还急躁和不安，很是希望那子弹能跟长上眼睛一样径直飞到 10 环上去，枪管也能够发出那习惯的清脆的声响。可是她从来没摸过枪，挣扎了许久，却无论怎么用劲也找不到扳机。

民兵连长迅速卧倒，匍匐前去，轻轻抓住营长的食指，给小心翼翼地安放到扳机上。她的手指会意地微微前后颤动。他声音低低地叫营长对准了三点一线再扣扳机。

营长根本管不了那么多，也才不理你那么多的框框套套，她双目紧闭，一连扣动几下扳机，子弹就带着哨音一枚接一枚出去了，打得山根下的黄土咕嘟咕嘟冒了几股子烟。

把支左部队和几个年轻民兵呱呱呱笑得眼泪都出来了。

"差一点打准了！"民兵连长红了脸面说。

有个支左部队自得地说："这是半自动步枪，枪托还不怎么打人，不像'老七九'，你一扣扳机，子弹射出去，枪托就猛然朝后一倒，动不动把人弄个仰儿背。"

马绣兰从地上慢慢爬起来，自我解嘲地说："我的眼光还不错哩，就在那靶的边边子上绕着哩！"她让几个民兵打几枪，立刻就听见叭叭的枪响声，都是几个神枪手，一百米左右的靶子，个个打在8环以上，从不下8环。

有人还想叫民兵营长试着投一下假手榴弹。

但是马绣兰没去投，只浅浅地笑着。

她对刚才几个民兵打的环数似乎很满意，眉开眼笑地说："我挑选的你们这些民兵都是上面相信得过的，你们要牢牢记住毛主席的话，基干民兵打先锋，普通民兵做补充！"

"是！"民兵们异口同声。

那时节，民兵小分队厉害得还了得哩，挑选的尽是些进步的好的年轻小伙子、年轻媳妇子和大姑娘。

木连长在营长面前从来都像个腼腆的姑娘，不是说他世故。他就是那样的一个人！他常常跟上支左部队给村子里家中没劳力的人搡石磨、担水，还经常扫路或者给村子里的人家打扫院子。队里的活计就更加不消说了。反正，木连长逢上别人什么苦累活计都干哩，看见那些体力不济的担水的女人，就赶忙靠上去，央告说："大嫂子，我给你担上吧，担上吧！"几欲乞求似的。

逢上人家家里搡石磨，就说："大妈，你罗面嘛，我搡磨！"一旦大队里驻扎的部队的集合号一吹响，就又抱歉地丢下活计去集合学习或者训练去了。

不久，支左部队拔营而去。民兵们却自己训练得更加紧张了。

每天晚上，民兵们都要出动，到各个生产队进行巡逻，部署了岗哨，看有没有小偷偷农业社里的东西。一次，凑巧叫木长元抓住了一个叫杨理发的偷了渠沿边上的柳树。杨理发已经剁了几乎能盖一个房子的柳树椽子了。木连长叫民兵把小偷架起土飞机后，捆扎得结结实实，押到小队院里圈了一晚上；人们那时对小偷深恶痛绝，第二天，在木连长的带头下，叫民兵们狠狠用白杨棍子抽了一个多时辰，抽得身上青一块紫一块，差点抽成了栗色的花牛。

杨理发大一声、妈一声地叫着。

木连长问："你再偷吗，啊？"

"不了，再不了。你们叫我做啥都能行，再别把我打了，疼死我了哇！"告饶声撕心裂肺。

最后还是马营长这女人来给解的围，叫不要再打，让在背子里捆绑上几根椽子背着在村道里由民兵押着上来下去地游行，口里不停地喊："农业社里的小偷，不要向我学习咧！"

队里那时节种的粮食极其丰富，真可谓是五谷杂粮呐：什么黄米、谷子、麦子、荞麦、胡麻、洋芋、麻子、向日葵、豌豆、扁豆，还有各种各样的菜。种类可多了去了。当时树木也分外的多分外的稠密，有几个人搂抱不住的柳树和榆树。河水清澈得似乎能辨别来小鱼是公的还是母的。

到了晚上，民兵连长木长元就带领着民兵小分队跨过明净的小河，分成几组分别来到田地里、谷场上等站岗放哨，看护粮食。他们似乎从来都没瞌睡，经常晚上不睡觉，四处巡逻。

仿佛因为树多，麻雀也起了群。在五黄六月冷漠的天空下，辽阔的田野寂静无声。即将成熟和收割的粮食金灿灿的，忧郁地发出沙沙的响声。突然，成群结队的麻雀不时像一片乌云从灌溉田地的渠沿边的大柳树上腾空而起，又像密密麻麻的蝗虫似的纷纷散落在田野的黄米穗子和谷子穗子以及麻子秆上。另外的一群麻雀则在人们的头顶挑衅般盘旋。片刻，那只带头的麻雀唧的一声领着它的同胞们箭一样射进田里的谷穗间，隐伏下来。须臾，就见谷穗子下面铺了一层谷子皮皮。

民兵营长马绣兰很为恼火，叫民兵们舍命也要赶走麻雀保护好农业社里的庄稼。

民兵连长奉命率领民兵开始干起了赶麻雀的营生。

可是，无论民兵们武艺多么高强，但是毕竟麻雀在天上，民兵们在地上又没有长翅膀，他们赶走这里的，那边的又飞过来。雨点一般的麻雀一落下来，就像土枪里的铁砂打在社员们的心头上。

民兵连长木长元要求民兵们要发扬乐观主义精神，他第一个唱着歌子追麻雀。

马绣兰觉得这样下去可不成，她马上和大队干部们召开了紧急会议，经过研究和酝酿制定了"熬"鹞子的措施。她立即给木连长下达了命令，并做了周密的安排和部署。

那"熬"鹞子简直把人就欢乐死了，木连长带着民兵小分队先是在天将黑之时，并且天色略微挂一点麻麻的影子的时节，大家一个个像特务一般潜伏在渠沿边的大柳树下，进行盯梢，如果看见鹞子一旦落在哪棵树上，就蹲点守的守，吃饭的回家吃饭，多时节就连饭也顾不上吃，在树下面点燃起一堆麦草或者胡麻柴。熊熊的火焰舔噬着漆黑的夜空。鹞子瞅着火焰瞅疲乏、瞅瞌睡了就被大家用细尼龙绳子套下来抓了。还有，民兵有时候拿手电筒对着鹞子的眼睛一动不动地照，同样直至把鹞子累得连眼睛也睁不开的时候，再顺着嗓子伸上去一根竹竿上扎绑绳子的套子，套住鹞子的脖子，然后把鹞子从高入星辰的天上的树股子上拉下来逮个正着。

鹞子抓回来，要进行"滚"鹞子，就是进行驯化；将鹞子在爪子上拴一根长长的细皮绳索，安在一个专门做的木架上，一面饿它，一面点了灯继续"熬"，等到它自己饥饿得想抓麻雀的时间，就把它叫到驯化鹞子者的手上，给一点食物。等鹞子彻底驯化得就像家里养的时，就可以带上捉麻雀了。

没过几天，民兵们几乎每人手背上架着一只鹞子和麻雀们进行艰苦卓绝的战斗。

民兵连长带着民兵从田间归来的时节，个个架的鹞子，排的队浩浩荡荡的，口里唱的是革命歌曲。那样子看着叫人觉得十分有趣。

一次，民兵们正要攀爬上树去"熬"一只"隼儿"，这时旁边又发现了一只更加漂亮的黑得像绸缎的"板雀子"，民兵连长木长元没有夹住放了一颗屁，大家哗哗笑起来，叫两只快到手的鹞子顷刻飞走了。

漆黑的夜传来鹞子的翅膀碰在树梢的声音。

结果，木连长被罚额外"熬"两只鹞子，另外扣一天工分。

俗话说，七十二行行行出状元，民兵们"熬"出了经验，有个叫马西龙的，他盯梢得好，"熬"得也好，一"熬"一个准。他甚至能够准确判断鹞子晚上要在哪棵树上休息哩。大家佩服得专门为他创作了一个歇后语：马西龙的"熬"鹞子，哪里转了转去！意思就是说，只要马西龙一出手，其他的民兵你哪里去转你去转去，根本没有你的份。于是，很快整个大队把马西龙树立为英雄和学习的榜样，人们也开始又把欣赏的目光投向马西龙。姑娘们更是把马西龙当成心目中利索无比的鹞子。

而民兵连长木长元却被大家日渐地冷淡下去。木连长在这方面确乎也令大家太失望了，令袒护他的营长也感到绝望。他甚至在

"熬"鹞子这方面显得愚蠢，笨手笨脚，就连训练"滚"好了的鹞子也让他弄丢了。木连长看着自己这么快就被大家遗忘，觉得异样落寞和孤独。他突然从未有过地脆弱、敏感起来，敏感地觉得自己就像一头驴子，刚刚从石磨道里卸下来，就被人迎面一顿榔头。

伤心只能他一个人独自承受，这似乎对他自己是一次精神上的考验。

可是，他怎么也理解不了，这到底怎么了？他每天精神恍恍惚惚。

一天，木连长架着鹞子在麻子地里穿行，把脚丫子都走得生疼。突然，他手上的鹞子脑袋向前一探一探，犹如蛇头一般，并不时警觉地紧扣双目，身子前倾，闪动着，跃跃欲飞的架势——它一定发现了什么情况。

果然，约三四只麻雀狡猾地躲藏在麻子秆的一侧，收缩了身体，在偷吃麻子。这时，木连长也发现了麻雀。他蹑手蹑脚向前又走了几步，距离更近时，才选择了一个好的角度，借助鹞子身子朝前的姿势，胳膊顺势向前一送，鹞子仿佛子弹一样直线射了出去。

可是，这只由于长期为了食物而汇集了丰富逃生经验的麻雀——不知是急中生智还是迷失了方向——竟猝然向木连长的怀里飞来。

那鹞子反应极快，一下子来了个180度的大翻身，翻过身子后，却见面前赫然立着一个人——无论如何也不能把主人当麻雀来抓吧——它吓得一愣，结果就在这短暂的一瞬间，麻雀逃走了。

鹞子扑了个空。丢了人的鹞子仿佛是害羞了，便向着远处飞行。它似乎和人一样，也有自己的尊严啊！

鹞子飞走了，这还了得。这是要犯错误的！

木连长紧紧跟在鹞子后面追赶，口中"扑酪、扑酪！"嘶哑了嗓门叫着。

太阳在蓝灰色的天上飘忽不定。

他多么希望鹞子能折回来呀！

木连长消瘦的脸庞和曾经雪白的牙齿，布满了尘土和油腻。他只顾着头顶上的鹞子，哪里顾得上脚下面，逢山坡逢地塄上来了下去了，跑得几乎要吐血，就在他准备向一条就近的方向去追，却一个跟头从悬崖上狼狈地扎了下去……

木连长仿佛看见那只鹞子盘绕麦场似的，一圈一圈地升起来，越飞越高，逐渐由一个鲜艳的黑色花朵的精灵，最终成为一只小小的小圆点，没入云彩。

鹞子飞了！飞了……木连长恍惚地想。


民兵回来给营长马绣兰汇报说："木连长的鹞子飞了！"

马营长有些惋惜地说："不争气的货色！"

不知她是在说鹞子，还是在说民兵连长木长元。

# 日头下的女孩

　　小村里连牲口都不好好喝的苦水坝蓝悠悠的，水面随着和风微微晃悠。孤傲不群的日头仿佛一匹无人理会的老马在天上踽踽独行。日头的光还是有一丝丝强烈，使得水面看上去显得有点神秘和光怪陆离的感觉。人们感到日头十分毒辣，极想有一个凉爽的角落或者地洞什么的猛然钻进去，好把这要命的炽热给避开。一头叫驴发出声嘶力竭的嚎叫，仿佛是在给小村某人家的草驴传递着意味深长的信号。小村的男人们禁不住焦躁起来。很难看到一只鸟从天空中飞过，大约是天旱的缘故。山谷的一条条小路像干裂而曲曲折折的羊肠子，且在一个个拐弯的地方会猝然地静卧、斜躺着几块冥顽不化的驴腰子石头。被日头晒得都有些发红起火的光不溜溜的黄土山冈，时不时一片一片地往下滑坡和坍塌。

　　阿喜耶走到水坝边的时候，忧伤使她忘却害怕。她心潮澎湃，眼看就要跳进水坝的深处一死了之。碧绿的水面看似有些阴森。不知道死的时候，会不会感到疼痛和折磨？就跟睡着了一样该多好啊！但那怎么可能。她见过淹死的人脸色通通显得异常难堪，嘴唇黑紫黑紫，跟一片霉烂的破布，有时鼻孔里还会流出黏稠的血液。阿喜耶的浑身开始颤抖起来。天空阴暗而晦涩。她感到满腹的迷茫、凄凉和绝望。她觉得随着她要投水自杀的决心越大，内心的志忑和恐惧就越加强烈。恶劣的环境和辛苦的劳动并没有把她的腰压弯，没有把她从小累垮。可是屈辱却使她想以死的方式进行反抗。还因为小村里人们会说三道四。一个女孩子失去了宝贵的贞操，在如此一个神神怪怪、迷信泛滥的小村里，唾沫星子都能把人活活淹死！

所以，死是唯一的解脱。

阿喜耶想人在这世上一点意义都没有。一想到这些，顿时浑身树叶似的瑟瑟发抖，一些伤感把喉咙都攥紧了。她觉得自己像是一个幽灵，孤零零独自赶路！

恐惧使阿喜耶还是打消了从高处跳入水中的念头。她一步一步向着水坝的深处行进。这个伴随她走过了童年的水坝——现在镜子一样呈现在她的眼前——那样明亮水波不兴。清新！凛冽！远处的农舍上罩着一圈火焰样的好看的光芒，蜻蜓在水面上追逐、嬉戏。她从来没有欣赏过这山谷村落的景色。阿喜耶看得出神。村野山梁畔上的孩子唱着古老的歌谣，歌声远远地流泻在水面上。天空那么蔚蓝！回声很响，一只昆虫在她的耳旁飞来飞去。微风吹拂芦苇，或是野鸭子戏水的声音，时时都能听见。阿喜耶看得入迷，听得出神——竟有些不想死了！

阿喜耶走出水坝，一下子瘫软在坝边上。

小村里的人们好奇地走过来看着浑身水淋淋、久久地坐在水坝边上发呆的丫头阿喜耶。围着看了一会儿，就丢下她离去了。山野的风开始慢慢把她身上的水吹干。

阿喜耶朝家里走的时候，有点羞愧。然而她更加感到生命的宝贵，为自己还活着庆幸不已！

半道上阿喜耶碰见了闻讯赶来的父母亲。阿妈一把抓住她的胳膊，就跟抓住一根救命的小草再也不肯松手。老实兮兮的父亲，耷拉着脑袋，倒穿着一双破布鞋紧紧跟随在母女后面。阿喜耶不再感到孤单。一家人浩浩荡荡向家进发。

阿妈说："娃娃，死了你还能活来吗？有多大的委屈阿妈替你担着！"

阿喜耶想：人无论在多么恶劣的环境、多么艰难耻辱的情形下都要学会生存，都要忍耐，不要轻易放弃自己性命！

阿喜耶想着这似乎被流放的小村。

小村处在一个狭长的山谷地儿，四围是黄土浪涛的海洋。小村之偏僻之遥远，像是珠穆朗玛峰上某个荒凉与寂寥的角落，默默地无古今、无声息地沉睡在那里。无论地球多么发达，人类业已多么进步，但这山谷小村里的人依然过着一种古老、原始的生活。天灾人祸。他们朝朝暮暮如笼中的小鸟无可奈何。尽管如此，小村里的人却没有绝迹！

阿喜耶的母亲尽力回忆阿喜耶小时候的模样：那脸蛋、那背影，还有那胳膊那腿，都令她感到疼痛。儿时的阿喜耶一会儿像是站在阿妈眼前，一会儿却又显得那么邈远、模糊。

阿喜耶是六个如花似玉的丫头中最小的一个。一岁的时节，常常无声无息地在房子地上玩耍，但却很留心周围的生活，也十分懂事和成行，大人只要脱掉鞋子，她就会立刻蹒跚着步子一本正经地走过去将鞋子整理好放置在一个专门的角落里。这一点，她家别的几个如花似玉的丫头都不如她灵性。阿喜耶婴孩的时候，被阿妈和阿大安放在最舒适的地方，全家人抱她、吻她，宛如女王；二三岁时，满地乱爬，泥地上滚来滚去，像泥鳅；十岁左右，蹦蹦跳跳，天真无忧，像只快乐的小天使。再大点的时候，阿喜耶就开始变得忧郁和孤独。可是，这个东乡族美丽的丫头片子仿佛地里的麦子尚未抽穗一样，还处在绿油油的时节，就叫小村大户家的男人给收割了。

小村里的六丫头阿喜耶，许多人都没有见过，但却早已耳闻她的勤劳。她很少从家里出去，不大一点就学会洗衣裳、做饭，还会做鞋垫和绣花呢。特别是在枕头上绣的雀儿戏梅可能巧了。


阿喜耶坐在后院墙根的日头下面绣着花。日头的光线把她手工刺绣的枕头上的花朵映衬得瑰丽无比，活着的一样。洗净晾在细麻绳子上的衣裳滴着豆子大的水珠。

"我绣的花要是能活来，发出芳菲的香气就好啦！"阿喜耶天真地想，"那时，我可以让小村处处扑满浓浓的香气。人们闻着香味，行走在小村里会是一种什么样的感觉啊？"但是当她想到张家大户家的人时常要和他们家过不去时，阿喜耶的心就像刚刚飞上天空的五颜六色的水泡泡因突然被风吹灭而消失似的，见到的幻境骤然间也被搅得无影无踪了。丢下的全是没有边沿的愁肠、阴森和害怕。三个姐姐突然在小村里失踪了。那可是三个东乡族好看的美人！阿妈天天都心有不甘地出去寻找她们，连一根头发丝也没找见，却把家里早已经没有一口吃的这件事忘得干干净净了。自从大姐和二姐被小村里的男人欺负后，都自杀掉了。也许姐姐们一死大人就不会再背负一种很重的东西了，族里的人也便找回活着的尊严了。他们会觉得姐姐们用生命维护了一种珍贵的东西。人身上的这个东西似乎是不能丢掉的！

"也许这又都是命啊，小村人的命！"阿喜耶又一次想起阿妈那絮絮叨叨的话。阿喜耶想谁甘心叫人做自己不愿意做的事情呢。

没有的吧！三姐、四姐、五姐失踪以后，阿妈再也不叫阿喜耶从门里出去半步，"定定在家里待着，哪里也别去！"阿妈还说她已经长得今非昔比了，比她的姐姐们还招惹男人哩！阿喜耶听了感到灾难快要降临了，压得她有些喘不过气来。这个小村真的就像阿大说的天灾人祸啊！她不知道，在这个漫长干旱的夏日里，若不让她走出这个院落帮阿妈阿大寻找一些吃的东西，他们老两口该如何活过这个酷烈的夏天。

以前，姐姐们在的时候，像鸡子一样东刨刨，西找找，还可帮助大人维系这个飘摇的家。那时阿大阿妈两个也还能做些活计。但两个老人现在已是腰来腿不来，脚来了手却不来！

山上的田里，粮食也一年不如一年，那种就连牲口都爬不住的田到底还有个什么种头啊！阿喜耶悲凉地坐在院子的墙根底儿思索着父母平素的话。直到将近下午的时候，她都那样静静地坐着，屁股蛋子也不曾挪地儿。日头更加一如没有脾性的老马从头顶上缓缓地旋转过去了，那土墙的影子也不再如午时那般笔直笔直了，却是倾斜着水一样泻落下来了，不规则地漫过一片，将她瘦弱的纤细的身子悄无声息地吞没在悲凉的暗影中。阿喜耶头里面被日头烤得发烫的眩晕感却慢慢地在隐退，另一半头脑开始在一些明晰中醒转似的。这更加令她感到一些凝重的东西在她的心上压着。她真想离开这片似乎叫水洇湿了一片的地方，换个地儿到那令人头脑发蒙的日头下边去。但是她显得有气无力。有一只血红的蚂蚁顺着阿喜耶的裤腿爬上来，走走停停，像是在犹豫，但是最终却又从原路返回去了。阿喜耶一直盯着那蚂蚁的两只活灵活现的触须到阳光中消失了。

阿喜耶的心里好像被什么牵扯着。也许是大姐的魂飞到院子里来了吧。阿喜耶的心里有些酸楚的喜悦，同时又有点恐惧。大姐是家里几个丫头中最丰满的一个。她天生圆润，两只眼睛跟一对闪闪发光的大耳环似的；乳房又大又挺，使人想把脑袋搁在上面睡觉；那腰，啧啧就跟水蛇似的柔软，并且纤细而韧性。阿喜耶想着大姐的腰天生的细，可臀部却出奇般大，并且极富有弹性，腿子更是修长得跟白杨树似的。

阿喜耶耽于一种天生的冥想状态中了。她的思绪在往昔的情境中淡淡的云一样飘飞。阿喜耶想着大姐在山上的田里给洋芋锄草，张家大户的几个男子，悄然而来，神不知鬼不觉地蹿到大姐的身后，像只凶恶的动物猛然一下子扑上去捉住了她。大姐脸色顿时煞白，阿喜耶想。但大姐立时像只桀骜不驯的梅花鹿，果敢地挣脱他们。他们却紧追不舍，再一次捕住了她，把她摁在了地上。她的两只胳膊被两个面目狰狞的男人扯开着，张成一个"大"字的形状。大姐用脚奋力蹬。立时就有人把她的两只脚牢牢地按住。她还要企图用嘴里的牙齿咬人家。嘴巴却又叫人家用一大把洋芋叶子塞得紧紧的。人家只要一解她的裤带，大姐就没命地挣扎，嗓子里发出小鹿垂死时无奈而嘶哑的嗫嚅声。她的眼睛红得要吐血似的，充满紧张、愤怒的血丝，阿喜耶想着。大姐终于没有力气了。大姐只有恼恨地怒视着眼前的一切。最后，大姐流下一股晶莹而透明的泪水。

阿喜耶心里被一些苦涩的东西包裹了。

阿喜耶听阿妈一边给她梳辫子，一边给她继续絮絮叨叨地讲着大姐，就像讲一个古老的古歌中的故事：男人们轮换着欺凌了大姐。直到他们的疯狂、野蛮和荒诞不经的凶狠劲儿平静下来扬长而去时，大姐才哭声震天。

阿喜耶想，那一刻也许大姐的胸膛突然被什么东西狠劲掏空了，因为阿喜耶莫名地觉得她自己的胸口里面空空如也了。

大姐的身体里流淌出来的血液逐渐地干裂在一片洋芋叶子上，把那叶面映得花样红。这一切，都像梦幻中似的，而阿喜耶似乎真的都能清晰地看得见。阿喜耶还仿佛看见大姐跪在山上的洋芋田里，十根手指插进纷乱的、布满泥土和植物碎屑的头发里，眼睛直勾勾地望着洋芋叶子上一只白色蝴蝶。她还望着远处的天空，望着天空中飞走的一只小鸟。大姐的眼光里似乎弥漫出一种狂乱淡淡的哀伤。


这么一会儿过去，阿喜耶看见日头依旧停留在原来的地方，似乎一动不动似的。阿喜耶仰着脖子，后面的颈椎跟个木棒似的，撑着的脑袋壳有些令人昏迷，也许是她太专注于埋头绣花了。

日头超凡脱俗无言地行进着。

谁家的叫驴发出死命地嚎叫，"吱嗷吱嗷"的！日头这匹老马仿佛突然驻足不前了，在惊讶地打量着那发出叫声的地方。瞧那方向，好像是张海武家的。阿喜耶有些好笑和厌恶地望了一眼那边，就又把目光落回到她的手中的刺绣上。阿喜耶正在给阿大和阿妈绣枕头。那花朵在布上开得很鲜艳，橘黄色的，暖暖的感觉，做成这样的枕头，把脑袋放在"花丛"中睡觉，一定会感到恬静和适的，也一定能做个令人舒心的梦的。阿喜耶用手指肚轻轻地抚摸着那毛润润的花朵。她的细白而秀气的竹子样的手指头暗暗地颤抖，就要被那花朵融化掉似的。

阿喜耶的心猛然攥紧，全身酸软无力。大姐那天是踩着漆黑的夜色，从黄土浪涛的高崖上跳下去摔死的。

阿喜耶的眼圈有些潮湿。她哀怨地倚靠在黄土墙壁上，长长出气，又长长吸气。

日头仿佛走得更加缓慢了。似乎索性不走了。马拉了一生的犁铧，驮了一辈子东西，到老的时候，身子一定很疲惫，心里一定很悲凉的。那日头多像是阿大阿妈呀。

那日头仿佛知晓似的，把那红胡子在阿喜耶的脸孔上慈祥地扫来扫去。

阿喜耶有点不太喜欢二姐，尽管二姐也不善言辞，喜欢安静和独处。二姐胆子比阿喜耶还小，只要一听说家人和小村里的人发生了口角，就会惊恐万状地大声哭泣。最后，二姐也是因为和大姐一样的命运而上吊了。"小村里姊妹们的命啊！"四姐曾就这样轻缓地摩挲着阿喜耶的头发说。阿喜耶觉得那声气里流淌着无尽的悲凉。

阿喜耶真不想想这些了，但又情不自禁啊！

突然一天，三姐、四姐、五姐失踪了。

阿喜耶再次感到浑身出了一层冷汗。她觉得自己的心跳在加快，鼓一样在胸腔里被击响。阿妈从此天天出门寻找失踪的姐姐，出去的时候，把大门锁得牢牢的，还叫阿喜耶千万别出声，说是狼听见会来咬的。

一只蚂蚁又出现在阿喜耶的视线里，它多么像一头变小了的黑色的草驴啊！那触角就是驴的耳朵，那头颅也是长的、吊的，眼睛也朝外凸，腰身塌下去，四肢细瘦而微茫，但棱角分明。阿喜耶想给那蚂蚁用手指画一个圈圈，看它从那个圈圈里能否走出来。然而阿喜耶实在不想动弹。她更加安静地坐着。她似乎就要睡着了。那些蚂蚁好像知晓她的心思，肆无忌惮地攀上了阿喜耶的身，先是从腿上往上行。蚂蚁们一个接一个爬到阿喜耶的身上，但走着走着，却突然就从身上某个地方消失了。阿喜耶懒懒地抬了抬眼皮，也没看见蚂蚁到底到什么地方去了。有一只竟然到阿喜耶的脸上来了，令她毛发都耸立起来。放在平时，她会一指头拨拉到地上，逃得远远的。但她今天就是不想去理睬。后来那蚂蚁就不知到哪里去了，但是阿喜耶的心里总是在怀疑那只蚂蚁还在她身上的什么地方藏着。

阿喜耶抬头看了看天，这一次日头仿佛又向前走了几步。它似乎老得真有些走不动了，在那云彩里歇气。阿妈阿大怎么还不回来呀。阿喜耶想，这大门要被锁到几时呢？这几时是个完呢？就这样一直被锁着吗？

阿喜耶把那绣花枕头蒙在脸孔上"呜呜"地哭起来。

日头又开始抖擞了一下鬃毛，似乎愤然奋力地走起来了。

锁子终于豁啷一声响，沉重腐朽的大门吱呀呀被推开了。

阿喜耶从地上翻起来，就朝前面跑。

寻找了一天孩子的阿大阿妈回转来了。两个老人又累又饿，昏倒在院子里。阿喜耶给父母每人灌了半碗水。家里的粮食已经没颗粒。阿喜耶耗费了九牛二虎的力气才把父母抬到炕上，然后走出门去。她把对张家人的恐惧和害怕一股脑抛在九霄云外。

阿喜耶沿着一条蜿蜒小路爬上山去，走进自家玉米田。山上的玉米田里，那又瘦又小的玉米棒子，挂在细瘦的玉米秆上。此时，日头那酷烈而炎热的色调把这片干枯得龟裂的黄土地涂抹得无比灿烂和瑰丽。

阿喜耶轻盈的身子静静地穿梭在玉米丛中。她像是一只展开翅膀的蝴蝶，翩然飞舞。她摘了大约有十来个自认为籽儿饱满的玉米棒子。玉米的叶子被山谷地儿的热风吹得"唰啦、唰啦"乱响，就像是在演奏着朴素恬淡的音乐。她喜欢这种自由自在的感觉和大自然和平的氛围。一时，她忘记了所有的恐惧、烦恼和痛苦。阿喜耶坐在玉米地头上歇息，她用衣襟揩去额头上细碎的汗珠，想着回家后要给父母好好煮一顿玉米棒子吃。她一想到父母快要饿坏了，就立刻站起来往家里跑。可是，邻居张放的父亲张大文竟然偷偷地尾随而来。他把阿喜耶扑倒了。玉米棒子从阿喜耶撩着的衣襟子上抖落下来，在地垄上乱滚。阿喜耶收缩两腿，极力不让裤子被扯下来。

阿喜耶在凸凹不平的地上拼命扑腾着，坚硬的土坷垃无情地戳着她的脊背。猛然间，她的太阳穴挨了一拳，当时就失去知觉。

那个老了的男人扒下阿喜耶的裤子。但是狗日的毕竟老了。望而兴叹。狗日的满头大汗，有些不甘失败和恼羞成怒地捡起一只玉米棒子……他"嘿嘿"笑着感到一阵快意，最后怀着得意的心情提上衣服离去。

阿喜耶醒转来，疼得五脏欲裂。她回到家里，依旧显得和平时一样安静。她先把自己洗干净了，再把带回的玉米棒子洗干净，搁到锅里，倒上水。她已经习惯了厨房里大大小小的活计。煮玉米和煮土豆差不多，水不能多，也不能少，那水把玉米棒子刚刚淹过去一点点。

没有柴火烧怎么办呢？

阿喜耶在厨房和院子里寻找半天也没找见可以烧火做饭的柴火。家里没有吃的，连烧的也没有了。她走出门去，看见面朝她家大门的邻居张大文家的鸡窝。张大文家离她家本来还有很远的一截距离，可人家偏偏把一个鸡窝树立在她家门前。出出进进，多么令人不快。觉得这是有意在欺负人哩。那鸡窝是用向日葵秆和干透了的木头棒、黄土泥巴等东西建造的简易棚。她觉得张家处处和她家作对。她家的人只要一出门，人家就要你先闻一闻鸡窝里的味道。人家就是要像大国欺负小国一样地欺负你你有什么法子！她走到鸡窝的跟前，无名的火气在周身冲撞。她想把那鸡窝上的一切可以当柴烧的东西拆下来煮玉米烧掉。但是她只要一想到人家会找自己年迈的父母的麻烦，就畏缩了。她自己可以逃掉，甚至可以一死了之。但是父母老了，他们跑不动了。人这个东西，越老却越不想死，越不想死的原因是放心不下自己的孩子。大人总是希望孩子能活得好一点。所以，从某种角度而言，大人必须坚持生存下去。阿喜耶还在想，自己就是纵火烧了人家的房屋，但是，闯下的祸端终归是父母的。带父母一起逃显然不现实，且逃跑又能逃到什么地方去呢。

想到这些，阿喜耶就又打消了去拆人家鸡窝的念头。她又往别处去找柴火，结果找了一转圈也没找上。

阿喜耶回到家里，把晾晒在麻绳子上已经干了的衣服拿下来。这里面有些衣服，姐姐传给妹妹，大的传给小的，是她们姐妹几个一个接一个穿过的。有些衣服缀满了补丁，有些尽管旧了，打了褶子，但依然很结实。她把衣服放回屋子，又去找柴火。她急得头上直冒冷汗，自己倒像是一只在热锅里被煮的玉米。因为山上实在没有可以当柴火烧的东西了。大山像榨干水分的土墙一样，风一吹，就哗哗地往下掉土。所以，即使你把种子撒上也不见得长上来，何况要自己长出东西来。家里还是没有什么可烧的。要是粮食收了，还可烧粮食茎秆，可这才是什么季节啊！她又走出家去。这一次，见四下无人，阿喜耶灵机一动，把那鸡窝上不易让人察觉的向日葵秆、细木头棒子抽去了一些。她一面抽，一面听见鸡窝里的母鸡在咯咯地叫，扑扇翅膀躲闪。她抱着柴火，回头看了一眼那鸡窝，和以前并没什么两样。她第一次觉得，人这个愚蠢的东西，有时做的事情实质上是一种多余和浪费。

阿喜耶总算煮熟了玉米，把玉米粒剥到碗里，端给了父母。阿喜耶看见父母吃着虽然并不饱满的玉米粒，但却无比快活时，心里面不由得浮上一层凄凉。然而，只要一想起姐姐们，她的心里坚强踏实多了。姐姐用生命维护了家里的尊严。小村的人还会取笑吗? 一定不会! 永远也不会!

阿喜耶走出院子，穿过村巷，来到苦水坝跟前。她想她会纵身跃入水中，就像一只大鸟翅膀一张飞下去那样；也可能像一颗石头，划一道弧线深深沉入水底。她想她那在空中迷离而凄艳、美丽而破灭的坠落的姿势，就仿佛她的心境、仿佛她深藏而幽暗的苦难的美一样好看，却令人心碎。这隐忍是他们这个民族所特有的美!

此时，傍晚的风轻轻吹拂，夕阳那老迈的马的红鬃已经像被血浸染的一样映红了西边的天空。


两位老人将阿喜耶夜明珠一样带回家。他们静静地坐在阿喜耶的身边，给她梳干净了头发上的尘埃。他们的身心的力气仿佛在那很古旧的木梳子缓缓落下的叹息中渐渐回转。透心的乏、累。尽管如此，但是他们依然决心四处去寻找另外那三个无法找到而自己也永远不可能回来的，那像羊群一样走失的孩子!

# 肆无忌惮的上司

我们公司的经理，如果把他放在一个大的环境里，他可能不值一提，活着和死去没有什么两样。

然而谁会想到，经理他在我们这个小环境小圈子里却是一个有头有脸举足轻重的大人物。甚至许多人对他崇拜得五体投地，尤其是手下的人，一经走到他的面前，顿时一个个变成了可怜的小东西！更仿佛一下子都变得蠢笨极了，蠢笨得似乎连吃屎都找不见地方。而经理站在属下的面前，好像什么都懂，无论吹拉弹唱、打球照相，还是带头鼓掌，真是无所不通、无所不能。别说是个多面手，简直他妈是个天才！所以，凡是有几分虚荣心，打算混点名堂和想多加两块钱额外收入的女人们都极愿意向他默默地奉献自己的身体。因她们没有什么思想，为附庸风雅和满足自己固有的虚荣心，平素也读一点通俗文章，抒写几句小情小调的东西。但却扬扬得意，高傲得孔雀似的。自以为很高雅呢。她们眉毛画得要紧，嘴皮染得血红，衣裳换得极勤，打扮得花枝招展，画眉一样鸣个不停。她们有时为了在这样一个天才的经理面前讨得欢心，于是像花儿一样争奇斗艳，神态十分迷人。她们多么希望似乎有无限权力的经理，能够在各个方面大力地推荐她们。尤其是天真地指望他能给她们升官发财。

当然，经理这个人有一个很大的优点，就是懂得人情世故，手下谁有点小困难什么的，他会主动帮忙。所以很讨人喜欢。绝对讨人喜欢。然而有时却极端专横和嚣张。特别是酒后，说出来的话十分刺耳和欺人。简直有点不可一世。他自视甚高，仿佛世界上谁都拿他没有办法。他把谁也不放在眼里，仿佛放眼世界似乎是没有对手的样子。这常常使他显得有些孤独和寂寞。他非常希望有人是个儿子娃娃，敢站出来和他较量一下。他咬牙切齿地说："谁敢站出来和我斗一下，嗯？谁敢？谁敢的话，我就把他像弄一只麻雀什么的一样弄死。弄成粉末末子。"他的手向上一握，作出捏成粉末状态的样子。

顿时，我们会看到那副铁黑的面孔，瞬间变得万分狰狞和令人害怕。令人毛骨悚然，想马上去尿尿。但你却又不敢离开。经理无论说什么，大家都只有点头的份儿，头像鸡啄米似的乱点，且得不失时机地嘿嘿赔笑。笑也要笑出满脸的真诚、佩服，还有几丝穷困和弱者的羞涩。

一天，我走进办公室。两位女秘书一个打毛衣，另一个好像是在写一篇关于女人的什么散文。

"你们在干什么，嗯？"经理人未到，声音先到了。他用脚踹开了门，然后脚又向后一钩，把门反锁上了。接着，他跌跌撞撞走进来，满嘴的酒气和纸烟味道。他酗酒如命。他哈出的气，足以叫人窒息，叫一条虫子醉死。看今天的样子，他显然是喝了非常多的酒。他似乎担心我们不知道他今天的丰功伟绩和酗酒这档子事儿似的道："我今天把十几个给撂倒了。我一个喝掉一瓶半，还跟没喝（酒）似的。你看你看！"他做了个扭秧歌的动作。好像天为大，他为二，并顺势将身子倚在其中一个女秘书的身上，张口向她呵酒

气。随即又抓过她纤细的小手，并把它拧转到她的身子后面，仿佛
要给她架起一个柔软的土飞机。

经理今天着实把我给吓着了。我从来没有见过他这么个样。因
为我是一个老实而又极其严肃的人。所以，大家一般在我面前都装
得一本正经的。

但是，经理今天却旁若无人地把那会写散文的女秘书几近拦在
他并不伟岸的怀弯里。

我不知是害怕还是羞愧，总之窘得把头低在裤裆里。但又忍不
住拿眼角刮一眼刮一眼。经理那微微泛黄和顾长的手指在这个相当
讨人喜欢、非常细腻的女人的脸上摸来摸去。

这个女人，身段苗条，似乎害臊得无所适从。但细细观察她
的眼神，又似乎很受用。只是对我这个多余的人稍稍有些忧虑和担
心。我在得真不是时候。这个女人的名字叫马莉娅，而人们则叫她
玛丽雅。此刻，她身穿驼黄色紧身长裤，水红色花雪衫马夹，银色
上装。猛瞧，好像觉得她是一只纯洁的外国的小鸽子。另外的那一
位叫罗芸，下穿牛仔裤，上着水蓝色花雪衫。她相对马莉娅受视率
显得要低一些。她的头发和眉毛均次稀疏。但眉毛经眉影的加工，
又黑又浓，有几分神经质的敏感。她的头发扎成了马尾巴似的短刷
子，在头上弹簧一样颤抖，极富挑逗和刺激。加上她人高马大与臀
肥，尽管皮肤一般般，但也能让人偶尔产生遐想。忘了一点，马莉
娅额前几绺头发是染了的，金黄色，倘若不认真瞧，很以为是天然
的呢。她们两个笑靥迷人，真是一对讨人的花鸽子哇！经理只要一
有空，就极喜欢君临于她们的身边。

经理大约四十七八岁的样子。老大不小。他个子不大，但非常
注重衣着外表。西装革履。乌黑亮亮的头发。有一丝叫人想闻的香

气。不知头上抹的是什么。总之这方面我是个外行，知之甚少，可怜得很呐！据说这种注重仪表的人，天然是些花蝴蝶，采蜜的高手。经理今天似乎要显示几分天真。好像回归到自然和童年。他对他的表演沾沾自喜。这时，他瞥见马莉娅未写毕的散文，道："你们相信吗？我过去学得最好的是语文，每次一百分，每次一百分。一考是个一百分，考得我自己都有些不好意思。还有，每次作文评比，老师总是当着全班学生的面念我的文章。我妈说我两岁就能背一百首唐诗。二三年级就到处发表文章……"

那俩女的，就把眼睛鼓得牛眼一样，圆圆的，"唔唷，唔唷！"赞叹不已。好像从头发梢儿佩服到脚指甲缝里了。

我因为也是个俗人，甘于屈服。于是一再跟上说："就是，就是！"仿佛这个天才的童年，是我亲眼所见似的。其实，我长这么大，听都没有听过。再说，经理两岁时，我还没有生下呢。

经理今儿个真是热情洋溢。脸色微微红润。挑毛衣的罗芸对他说："喝了那么多（酒），脸色还好好的，一点都不红！"

"我喝多少都这样，我就这么张黑脸。"说着便丢开仿佛惊惶得小野兔子似的马莉娅，手在自己的脸皮上揪一揪，又巴掌上来啪啪地拍打着。然后，他走到罗芸跟前，先乘其不备，一巴掌抽在罗芸头上那束短刷子上。罗芸上手去护，却恰巧被经理顺顺当当一把捉住，空着的一只手便在她的手心上打，手腕上打。再把这只手拧转过去，在她的背上打。时轻时重。罗芸自感经理在和她玩，便也一只手从后面伸过去，够着打经理。但两下都打空了。接着，经理给罗芸也架起了一个小小的土飞机。罗芸躬腰勾头，整个将一张异乎寻常的大屁股亮给经理。经理手上唾了一口干唾沫，"啪——啪——"地抽在她屁股的软肉上。真是不亦乐乎啊。

罗芸见这里尚有我这样一个多余的不速之客，便一再做作，嘴里一个劲儿说："哎哟把人羞死了，哎哟把人羞死了！咱是两辈人，耍啥哩嘛！"她每哎哟一声，屁股都向前一蹿一蹿，腰肢一闪一闪。晃得人心里直打摆子。这更激起了经理的亢奋和快乐。

这时，马莉娅显然有些醋意。不仔细看，脸上尚看不出来。她嘴里嘟哝了一句什么。我没听清楚。

当时，我心里乱糟糟的。自责，矛盾，满腹忧虑。走也不行，坐也不行。内心经历着从未有过的痛苦。如果我马上溜走的话，她们会以为我心里有鬼。总之，怪都怪我运气不好，把这事给碰上了。我走后，她们只要稍微说上我一半句坏话，那经理肯定没我的好香果子吃。她们在我面前，似乎还保护着一层薄膜，似乎还不希望人来捅破这层窗纸。

经理见罗芸挣扎时用力过大，便恼羞成怒。"他大（父亲）的儿！"他鼓劲一巴掌，抽在她屁股肉最多的地方。接着，丢开罗芸向马莉娅走来。马莉娅故作害怕样子，将身子扭动着缩入椅子里，双手举起作保护状。

经理正在兴头上，过来就要抽马莉娅。经理这个人，表示亲昵和疼人的方式十分独特，就是用巴掌在她们的脸蛋子和软肉上抽。"定着，别动，我就打一下！"他对她说。

"你光打女的，怎么不打男的？"马莉娅说。这个恼人的玛丽雅呀！

经理立刻停下手，慢慢锁了双眉，冷冷地瞪着我。他眼里流露出让人心惊胆战仇视的表情。他一步步向我走来。

我简直不知躲藏到哪里。不待反应过来，脖子里已经美美挨了一砍刀。经理个子不大，但手很重。打得我眼冒金星，差一点呕吐出来。我本能或者说神经质地站起来，意欲夺门而逃。但却被经理一把撕在衣领上。"站住！"经理发出低沉而威严的命令。我像一只动物一样被揪着。

我忽然窘到了极点。那两个女人快乐得忘记姓什么似的，前仰后合。我顿然觉得无比羞愧。自尊受到莫大伤害。大约我的脸变了色。我能感觉得到。一腔怨气自心头而起。大脑一片空白。就在这时，一旁看着的马莉娅给我一个劲儿地使眼色，叫我不要发作。也许她是为我好。也许她只是为了保住经理的面子和威信，叫我不要弄得经理下不了台。她希望我们做经理的绵羊。总之，我脑子乱极了。我被经理乖乖牵着，又被按到椅子上。

我在心里反复告诫自己不要冲动。事情闹起来，有什么好？公司里有许多人巴不得我闹呢。我一闹起来，他们就可以乘混作乱。想到这些，我就克制住了自己。我赔着笑容。我的脸一定很红。笑容也一定非常难堪。不过，话说回来，事情闹大，我就什么也不顾了。给我撑腰的人不是说绝对没有。但是这样一来，有些人那深藏的阴谋就得逞了。包括那些暗暗等待机会等待得很苦心的副经理一伙。当然他们自己虽然成不了什么气候。但他们觉得我当不上，你也别当好这个经理。事情就是这样。这样一想，我就更无心闹了。另外，加之我遇事柔弱不决，畏首畏尾，什么屈辱和不快都能隐忍在心里。

这么多年，我不知道我为什么那么能够隐忍。

"你们看，这人像个姑娘样，还害羞哩！"经理指着我说。

两个女人都开始笑。尽管她们很快活，但表面上还是有些内疚。觉得经理把我打得太重了。毕竟我平日里一点也没有得罪过她们，加上口风又紧，所以大多数人都对我很放心。如今一个能让人放心的人，是越来越少了哇！

我麻木地"嘿嘿嘿"地笑着。只在心里反复一句话：不在沉默中死亡，就在沉默中爆发。

经理又走到我跟前，捧住我一张皮包骨头的瘦脸，用他湿渍渍的嘴巴亲了两个。我感到他刮得若有若无的胡子扎得人极其难受。酒味。烟屎味。还有一股抹脸油味。我从未有过的恶心。

"你笑得比哭得还难看！"冥冥中有个声音说。

"鼓劲笑一个！"经理命令我说。

我只好把嘴极力向左右两边咧开，露出死野狐样的牙齿，鼻孔里发出"哧哧哧"长短不一的笑声。

"笑得还不欢！"

"哧——哧！"

"笑得再欢一点！"

他给两个女人炫耀着自己的手段，并向马莉娅投去扬扬得意的目光。

"哧——哧哧——哧哧——哧！"

我觉得神经都有点错乱了。几乎无法自持。经理他哪里想到，他给我的身心带来多大的伤害啊！我是那么谦卑。我不知道我为什么那么谦卑。她们可能也觉出这种绵善的好玩。我一定在她们面前出尽洋相，丢尽了丑。我竭力勾着头，一双手简直不知搁哪儿好。脊背上渗出冷汗。

这是一幕难以说清复杂心情的闹剧！

"停！"经理把五根手指撮到一起，向上猛力一挥。撮到一起和向上一挥，这两个动作几乎同时完成。

我的笑声戛然而止。办公室顿时笼罩着一片葬尸般的寂静。

经理又一次变了脸，一声不吭地向我跟前走。

我害怕极了。

我多么担心和害怕经理过来戏谑我的头和眼睛啊！

说实话，我的头和眼睛都长得不大。损伤我这两个地方，很容易伤及我的自尊心，也容易使我动怒。我常常敏感而神经质地保护着我这两个地方。为此，我深感自卑。仿佛自己不是一个健全的人。似乎连个侏儒也不如。所以，我对头大的东西都敬而远之。

经理走得离我越来越近。他大概又想出什么新的戏弄人的办法。他在这方面有独特的造诣，很拿手和高超。每当别人狼狈不堪或丑态百出时，他的眼里却闪射着狡猾而好奇的快乐。这种快乐会使他变本加厉。他一边往我跟前走，一边讲："都说咱们公司复杂得很。而我这个人越复杂的地方我越喜欢。我要把那些爱讲闲话的人的肚子倒掉，把肠子抽出来！"

经理的话好像是专门说给我听的。而我又不是爱讲话的人。这他知道！

那两个女人，谁也不理解我此刻痛苦的心境。我忍受着这仿佛酷刑般的痛苦。而她们却对我的困窘似乎兴趣盎然呢。在她们看来，我这种笨拙，这种蠢头蠢脑的样子，让她们像是看了一场精彩的电影，美极了。

我抬起头，发自内心地叫道："经理，你说句良心话，我在公司里说过什么？你说。"

经理忽然止下步，和善了道：

"小于是个听话的人！有人说小于闲得很，中国有多少人闲得跟猪一样，干了个啥？啥也没干下。只不过在制造粪便和消耗这个世界上的好东西。有时还不安分，还要破坏别人的好事。"

经理掏出一包香烟，抽出一支要给马莉娅。马莉娅摇头摆手。要给罗芸。罗芸也不接。经理只好自己点着抽上了。仅抽了两口，便扔在地上，用脚踩住揉了揉，就坐在马莉娅的椅帮子上。接下来的一幕，更加的惊心动魄哇！

经理竟拉开了马莉娅的衣服上的拉锁，左手插进去握她的乳房。握没握住，我没看清楚。反正手是伸进去了。我想是握住了的吧！

可我闹不明白，一个奶过娃娃的乳房，有什么握头呢？

然而经理的脸上却抽搐着，划过一道猥亵而无比的快活。

啊呀，我简直不知怎么办好！

这时，有个人在打门。

经理若无其事地抽出手，示意我去开门。

进来的这人，听罗芸说是个闲话筒，喜欢到处捕风捉影。他平素走路蹑手蹑脚地，特爱听墙根。他好像装着取什么文件，一本正经的样子。他打个转身却又匆匆地走了。

罗芸忽然说："经理，咱别闹了，好好坐下说会话。你以为他是拿文件的吗？谁知道他是干啥来的！"

"他不就是说经理又喝了酒，呜里哇啦呜里哇啦，去他妈的个蛋！小于，你去把狗日的给我叫进来。"经理好像是非要把这个人收拾一顿不可的样子。不收拾上一顿，他心里便不能平静似的。

经理真不该随便听这种搬弄是非的话。就是那个人居心叵测，你也应该先平静下来。这样才不失经理的风范嘛！

"算咧，算咧！"我真心劝经理。说句良心话，经理平时对我一向口苦心甜。细细回想，他在人背后也没什么瞎心眼。也并没有给谁穿小鞋穿得走投无路啊。

经理听了我的话，往我脸上较久地审视了一下。

我心里一热一热的。我想，经理如果知道我为他着想，一定心怀感激呢。一定会对我有所表示的。

但是，经理却沉默下来。这种冰凉的沉默潜伏着更加可怕的危险。

马莉娅为了消除经理的不悦情绪，一时热泪盈眶地笑着。女人对他像小猫小狗一样的恭顺，换来的甜头是增加额外的补助，以及被评为先进工作者或给个什么主任诸如此类的玩意儿。

"经理！给咱们讲一下你的过去。"罗芸讨好地倡导说。

经理听了，顿一顿，便开始讲他小小年纪，就已经当上经理一类官职的事。他完全陶醉在自己的成功里了。

我们三个开始轮流拼命地捧这个自负的男人。当然，我们知道经理一触即怒的脾气。但是他确乎机智过人，你只要瞧瞧他那狡狯多疑的小眼睛，你就知道他很麻烦。尤其你捧他时——一定要捧——必须要捧得恰到好处。而且要不留痕迹，发自肺腑。倘若他一旦知道你捧他时目的不纯或者暗含讽意。那你就完蛋了。

此时，经理吹得绿籽红瓢。真是过五关，斩六将。只忘了夜走麦城。简直把人欢死了！

整整一个下午，就这么过去了。后来，有人给经理打手机，才把他叫走。

经理走后，一会儿马莉娅也出去了。剩下我和罗芸时，罗芸说："经理那一阵骂我，他大的儿。我有心想骂他你大的儿。但我还是忍了。人啊，总是不能十全十美。就说经理这个人吧，各方面都没说的，可以说要啥有啥。但就是一辈子没有娃娃，要下一个娃娃听说还不争气，光知道吃，吃了要要了吃，学习一点都不行！"

我什么也没有说。

我把头深深地勾着。

罗芸继续说："把人给笑死了！经理这个人，可能是因为娃娃上的事情，心上总是不痛快。儿子，女子，票子，都要有人生才算如意。经理什么都有，就是没有儿女才变成了这么个的！"

罗芸的话，明摆着是说经理由于欲望上的失落而导致心理上有点变态。

这件事过后，那个马莉娅，后来好像从没跟我讲起过经理的什么。

又过了两年，经理调走了。公司里的人开始传播着经理曾如何欺辱我的事。

可我从没跟人讲过这件事啊。不知他们是怎么知道的。是那天中途进到办公室寻文件的那个人讲出去的吗？鬼才知道！这群人，他们竟一点不为我想想。我觉得我的伤疤被人揭开来，又一次亮在外面。内心受到了更深的伤害。这些人呐！

回想起来，经理在的时候对我还是不错的，见我身体不行人又老实，就给我最轻的活计。大体上，是非他还是分明的，且颇具人道。说实话，经理和那些口蜜腹剑的阴险小人相比，简直可以说是个高尚的人了。公司里的人提出什么困难，他也会努力帮忙。帮没帮成，那又自是另外一回事。

一个人还真不能一棍子打死！至于和女人之间的事，那是一个愿打一个愿挨的事。最坏的莫过于那些当面说好话，背后下毒手两面三刀式的人干的两面三刀式的事情呐！

# 一朵花儿

在一个太阳红彤彤的下午，西部某村子里的伊卜拉辛，在准备建筑房子的地基下面一不小心竟然挖开了一座坟墓。他发现死者的骨头差不多都已统统化作了绵绵黄土和一小撮废墟，只有一条两米多长一把多粗的辫子依然完好无损，并且又黑又亮，仿佛还淡淡地散发着一股迷人的清香。据一位知情的老太太讲："这是解放前埋在这里的一位年轻的女子。"

解放前，村子里把一位美丽的刚刚去世的女子送进了坟墓。当他们填平墓穴，终于在那里堆起一堆黄土时，这个面色苍白的女子开始慢慢苏醒过来。谁料到，她还活着。这个女子也许只是昏了过去，并没有彻底死去。像这样两三天昏迷不醒，就连心脏也停止跳动后醒过来的，生活中屡见不鲜。甚至死去活来的也不足为奇啊！她就是这样在人们看来已经死去然而真正却活着被埋掉的一个人。

两三天前，当人们摸到她的身体时，凉透了，完全是一具死尸。

话说这个女子醒来后，仿佛大梦一场。一股樟脑辛辣而清凉的香气以及浓烈的红花味儿在她的周身弥漫着。她感到无比地恶心，感到眼前从未有过的黑暗。起初，她误以为自己躺在一个寒气袭人而又阵阵阴森的黑夜里。接着，她觉得自己像是被人装在一个布套子里。她努力地想试着从裹在身上的东西里挣脱出来。但是，那东西却像是缠在身上的打渔网一样，死死地纠缠着她，用手撕扯半天也撕扯不开。

"妈呀，这像渔网一样的东西真让人头疼。"她心里有些无可奈何的生气和懊恼，更加奋力地用脚蹬，用手拉包装在身上的束缚物。她很想坐立起来，但却没有成功。因为这个像渔网又像一堆破烂布一样的东西将她束缚得很紧很紧。她费了九牛二虎的力气终于解开布条从里面爬出来，开始裸露出她那倦怠的身子。她翻身坐起，苍白的脸孔朝外探着，一双尽管疲惫但依旧很黑的眼珠睁得大大的，闪动着忧悒的神情，乌黑而又粗壮的辫子犹如一条蟒蛇一样缱绻在大腿的中央，微微地颤动着，并且泛出一种伏天的蛇的背子一样的光泽。

她在伸手不见五指的墓穴里摸了一圈，处处碰壁，似乎没有出路。只有这令人恼怒的冰山一样难以消化的黑暗。

"干吗没有门呢？"她觉得好生奇怪，"这是在一间什么样的房子里呢？"泥土香喷喷的味道袭入鼻孔。

"这个世界竟然变得和以前不一样了？"她依旧在心里自言自语。

她想站立起来，但被狠狠碰折回。她没有那么大的力气可以掀开压在头顶上近两人多深的黄土。她在四周的墙壁上慢慢试着用力推。依然纹丝不动。一切似乎都是枉然和徒劳。她隐约听见有公鸡打鸣的声音。这种鸡鸣声她以前似乎在梦中听见过，不像是人间的，倒仿佛是从天上传来的；狗的声音也时起时伏。她静静坐着。止息聆听，原来所有的声音只是一种幻觉。想来那只鸡似乎显得有气无力；而那狗的吠声回想起来则显得闷闷不乐，虚无缥缈。

当她千般努力、万般艰辛地费尽周折，准备离开这个鬼地方但最终还是以失败和绝望告终时，冰凉的眼泪潸潸地下来了。她的潜意识里猝然跳跃出一个疑问：我在哪儿？她想了很久很久。终于意识到自己已经被人埋进了坟墓，但却活着。她开始想进一步证实这是不是真的。她快速在刚才睡过的地方摸到了一只枕头：一块长二尺，宽一尺见方的人工土坯。她又心焦地摸到了堵在墓穴门上的四页土坯。她带着茫然侥幸的心情试着推了几下。土坯却纹丝不动。她知道坟墓早已被一房多深的黄土填得死死的了。而弥漫在周身的樟脑和红花味儿，大约是人们为了防止和驱逐土里的小虫子而专门撒在她身上的。从未有过的害怕和恐惧。

黑暗。孤单。冰凉。伤心。恐怖。绝望。这所有的一切很快淹没了她。只有她那伊斯兰民间式样结成的长辫子，流淌着一种温情的永恒的颜色。她觉得黑暗中的囚禁仿佛一群虫子爬过她的头皮，叫人浑身麻辣麻辣的。她感到头晕目眩，感到肝胆欲裂。这与地狱有什么区别啊！所有的痛苦在她的脑海里交织着，折磨着她的神智。她万分伤心和沮丧。"就这样等死吗？"想一想自己柔弱多病的身子骨，确乎想自我放弃和堕落。她甚至还有一种无可奈何的自我嘲讽和视死如归的快意。

时间一分一秒地过去。她突然不顾一切地用手抠土，猛烈地掘土。

"我不想死！"这想法在她这早已绝望了的脑子里一连串紧张而又执拗地冒出来。然而，她一再交代自己千万不能冲动。很快就冷静下来。她知道盲目地冲动，只是一种徒劳。现在，必须积蓄身体的全部力气，想办法离开这可怕的地方。她半倚靠半仰躺在墓穴的墙壁上，一动不动，并微微合上双目进行长时间的休息。她静静的。她从未这的安静过。尽管如此，她还是感到害怕，无比害怕，比心惊肉跳加庄重、严肃和冷漠更为巨大的害怕。想一想，世界上还有什么能比如此真切的黑暗与孤独更加可怕？世界上还有什么能比坟墓更让人感到无助？没有，肯定没有。这是毫无含糊的。

她仔细观察着黑暗中的变化：这是被我赶上并且亲眼看见的一幕黑暗。总而言之，一切黑暗与一种不黑暗相比才显得黑暗，那种不黑暗的东西便是光。而光又是一种炽热的明亮的东西。

再没有比一个女孩子孤孤单单活在坟墓里承受一切苦难更可怕的事情了。

她久久背靠墓穴的墙壁，身子依旧半仰着。她感到所有的劳累此刻才有机会彰显出来，令她无力反抗。疲惫凉气般一阵一阵地袭上心头，然后蔓延到脚心和发梢。压抑。与美好的世界隔绝的压抑吞噬着她，令人感到惶恐不已。压抑感在黑暗中一点点地放大，逼迫得人的每一根神经都痉挛和弹跳起来，逼迫得人每一口呼吸都感到困难。她强迫大脑不去思想那些悲苦的事情，那些令人伤心的事。她渴望自己能振奋起来。这关系到自己能不能活下来，哪怕多活一个小时、一分钟都行啊！再没有比活着更好的事情了。一个人，她的心如果彻底绝望了、死了，就连上天也解救不了。然而，这个女子却在心里渴望活下去，并在心里反复书写着一个伟大而坚定的信念：活下去！"活下去！"这三个字的分量是那么重啊！每一个字的胳膊和小腿：那一横一竖、一撇一捺以及一钩一点都犹如闪光的精灵一般在她思维颇为谨慎、幽微而缜密的脑子里清晰地显现着。她还想起一位器重她的老师在她的留言册上写的一句话：石头是坚硬的，但比石头更坚硬的是人的意志。

她不由得再次回想这短暂的一生。觉得她可谓这世上所有人当中最不幸的一个：作为一个柔弱无力的女孩子，在自己的墓穴里活活等待死亡，还有什么能比这更糟糕？不过，所有的人的境况也都是彼此彼此：从来，每个人都会不是这种不幸，就是那样的遭遇，没有一帆风顺的。

总之，摊上这样的事情，这女子内心的复杂悲伤是不言而喻的。有一阵子，她竟然不知道该拿自己怎么办了。令她纳闷的是：怎么就没给活活捂死呢？一想到氧气，她立时感到呼吸似乎艰难起来，感到郁闷、头晕和恶心。尽管她已有两三天没吃东西了，饿并不觉得饿。只感到劳累和疲惫，感到浑身酸软无力。这真是没有办法的事情啊！

"我是怎么到这里的？"却一点也想不起来。她只觉得还没有活够，似乎一切才刚刚开始就已经走到了尽头。她老想等到日子好过了，让父母好好地享两天福，给父母把好穿的穿上，好吃的吃上，把好住的也给住上。但是，日子一天一天过去了，父母也愈来愈老了。两位老人没等到她成材，就相继离开了人世。她每想起来就伤心难过，父母养育了一趟，竟没有穿上她的一双袜子，就走了。如果他们双双健在，如果自己没病那该多好啊！尽管每个人多少都是有病的，但每个人的病却并不一样。

她考上了一所高校，刚刚为取得的成功感到欣慰。可是学校在复查体检时却发现她患上了一种绝症。说是这病传染哩。反正说不准。不知为什么，顿时一种心烦意乱的恐惑的感觉猛然向她袭来，她恍惚觉得，在她的计划中，一切努力全都落空了。这打击比一开始就毫无希望要让人难以承受得多。学校要求她立刻退学。大夫告诉她："最好别和他人接触！"她生病的消息不胫而走，很快传回她家乡西海固的村子，有些抱打不平的人说："如果她是有权、有钱人的子女，哪怕得的是瘟疫，学校也不会叫她退学的。"当时老百姓把警察、医生、教师这三种最神圣职业的人比喻成黑狗、白狼、眼镜蛇。也有人对她的病不置可否。当然，也还有些人对她生的病干脆持以怀疑的态度，说："这姑娘年纪轻轻的，怎么会生这样的病？"但老人们流传总结出一句："人在世上吃五谷杂粮，除了半路上不生六指，别的保不准什么病都生哩！"

她回家之后，整日哭泣。那个以前曾经给她一天一封信的男孩子阿卜杜，听说她有病以后，便迅速疏远她，并且叫她到死别再见他的面。仿佛生病是她的错。早前，阿卜杜曾在信中对她真是像忠实的小狗对待自己的主人一样百般倾倒万般殷勤，说尽甜言蜜语的好话儿。功夫不负有心人。终于有一天，他将善良的她约出去在麦道里散步。那天，但见眼前是一望无际的麦田，头顶上蓝蓝的天空飘着几朵白云。真是那么的恬静、安适，美丽的阳光使即将熟透的麦子金光闪闪。阿卜杜对她说了许多激扬奋发的话。好像他是将来的县长，一位县长在向她表白爱慕之情。这倒是其次。主要是和如此能说会道有活力的男孩子在一起，她有种淡淡忧伤的幸福。那天，她穿着一件雪白的衬衫，胸脯自然地顶起一个小巧而完美的弧，里面的那两枚小花朵似乎在微微颤抖般地燃烧和绽放。一条背带裤穿在她身上使她颀长的双腿像电影明星一样妩媚。麦田金色的波浪，轻轻拨开南北两山。向阳的山丘，也是金黄金黄的，背光的山麓正随着日头移动，一寸一寸享受阳光的照拂。阿卜杜在她跟前蠢蠢欲动，私密地看着她，总是寻找机会故意把他的身体和她贴得很近很近。

他们坐在洒满金辉的麦田边。她默默不语，一动不动，心潮滚滚地听他倾诉衷肠。她的两只手轻轻地搁放在膝盖上。那两只手看起来真的非常美——整体像朵花一般好看，手指嫩白得就像水中的莲藕，又仿佛两只翩跹欲飞的白蝴蝶。一头乌黑乌黑的秀发，就像飞流直下的瀑布，其柔软和光滑程度，犹如世上最好的黑色的绸缎，光彩夺目，近乎能照出人的影子。她轻易不笑，一笑就露出玉米粒一样尖尖的奶白的小牙。人看了，真想让那牙齿咬上一口。

农村就是这样，好看的女子少，倘有一个或半个美丽的，那绝对是一流的好看，原汁原味天然的美。天然的美才是大美呢。

自那天以后，尽管有许多男孩子给她写信，但她只和阿卜杜在不影响学习的情况下，秘密地进行着来往。她喜欢读阿卜杜的信。阿卜杜的信从来都那么文采出众，除了有几个错别字之外，常常总是能让她读得热泪盈眶。现在，阿卜杜不但不再和她见面，给她的信也愈来愈少。好像他即使不跟她接触，只要通通信件她的病就会飞也似的传染给他。阿卜杜变得那么势利，那么绝情，就像一辆马车在一个风雪交加的黄昏，渐渐驶向远方，最后只剩下一个令人难过的小黑点。通过这次事件，她好歹总算看清了阿卜杜最终暴露在外边的狐狸的尾巴。这是一段难言的隐情。

也有医生说，她这病只能控制，当然要看好的话需要花一大笔钱，另外还要看运气。她开始写信四处求援，但信件寄出去却如泥牛入海。她伤心死了，现在家里只剩下她一个人了。父母那么早的离去是不是也是这种病呢？一定是的，看来她的病是父母遗传给她的。有什么办法呢？父母在世时十分疼爱她，吃什么、穿什么都从不亏待她。可是她还没有活够，她觉得自己太年轻了。村子里的人，听说她患的病很可怕，一开始看见她马上躲得远远的，像逃避瘟疫似的。渐渐地觉得没有什么，于是又跟她打招呼。

她自觉那么自卑，觉得自己似乎不如一只小小的蚂蚁。她常常蹲在大门前的杏树底下，细细观察着那一只只小小的近乎渺茫的蚂蚁。她每次一蹲就是良久、良久。她不知有多少次把自己跟一只蚂蚁作比较，到最后她还是觉得蚂蚁好：当一个生命的体积越小的时候，也许其本身的痛苦就越小的。只要一想到自己还不如一只蚂蚁快活时，她的眼泪就扑刷刷地落下来。眼泪让一只蚂蚁感到不知所措。蚂蚁把两只前足紧密地抱在一起像是在用她的眼泪洗脸。她更加伤心了，对蚂蚁诉说自己的孤单。蚂蚁仿佛听懂了，无可奈何地踱着令人怜悯的步子。一到夜里，她更是辗转反侧。

日子就这样一天一天地度过。

远处仿佛传来清真寺礼拜时紧密梆子的敲打声。此时，当她再也看不到外面的世界时，竟然觉得世上的一切都充满谜语一般的诱惑和神奇的魅力。她觉得万物都那样令人亲近，那样值得人去珍惜和爱护。就连那个起初对她紧追不舍，后来却无情地抛弃她而去的阿卜杜她也并不觉得恨，却只是感到由衷的同情而已。她对世上的一切似乎都充满了一种难以言说的爱。默默的爱。

"要活下去，哪怕只有一分钟，也要让它变得有意义。倘若能活着出去，还可以帮人做点有益的事情呢，譬如可以把身体怀着虔诚的心情献上去让画家把上苍赋予自己的美画下来。把美留给这个世界多好啊！现在，得离开这黑暗的地方，到外面去、到有亮光的地方去！"她仔细想着这块坟地所处的位置。虽然一分分一秒秒都满腹愁肠，但她的双眼里依然满含着无限希望的柔情。

这是一片无人料理的乱杂坟——也就是说这是村子里单门独户的人家去后的归宿地。后因为西海固发生大地震被夷为平地。她家是单门独户，她知道她离开人间的归宿一定是这里。父母也是这里，也许她就在他们的附近。父母会在暗中保护她，这多少给了她一丝力气。而村中有在外面当官的大户人家自己皆有修葺得富丽堂皇的坟。他们的坟大都是叫能人看了的，怎会埋那些不沾亲带故的人，更不会要她这样的丧门神。所以，她到这里安息是毫无含糊的了。

"这一片土地的土质并不好，且多石头！"她记得，小的时候给羊拔草，常常经过这里，便看见大大小小的羊脑子石头。有些人喜欢在坟头上放一些这样的石头。人看到这些石头，一如看到人的骨头一样令人害怕。在这些白色的石头缝里，往往长着半人多高的野青草。这里一年四季也无人修葺，如此冷冷清清，倒使那坟地莫名地陡增了几分凄凉的美景。

她仔细思索和分析着这片坟地的土质，估摸着自己埋葬的位置。她从惊慌失措的紧张思绪中逃出来，逐渐变得跟钢铁一样冷静。当她的心迈出这艰难的第一步时，心头不由得涌上一股激动的热潮。她知道此时还有一个更为重要的支撑她的力量，那就是："出去看一眼这美丽的世界。"有时候，人的理由似乎非常简单，细究起来甚至毫无道理。但就是一个稚气的理由，常常使得一个人追求或者坚守了一辈子。想到这些，她的心里滋生出一股感佩的悲壮。她有些悲壮，又有些伤感。她要在这咫尺有限的墓穴中与新一轮的死亡和命运进行一场惊天动地的战争。这也是一场孤单的一个人的战争啊！一切都将惊心动魄。她的较量的对手就是眼前阻断她与整个外面世界交流的厚厚的黄土。人与外面的世界无法交流是多么的不安和着急啊，简直可以把人的眼睛急红，能把人活活急死。谁体验过这种急火攻心的感觉啊！从另一个意义上讲，她的对手也可以说是死神。外面的世界，让一个女人心存着力量和希望。

她伸开那洁白无瑕的双手，用长长的手指甲抠墓穴门上的土坯。

指甲是多么好的武器啊！优秀的指甲可以在土地里面找寻农民

们烧火的柴火；在歹徒袭击时，还可以采取防卫的凌空一抓，常会抓得歹徒鲜血直流，连忙落荒而逃。"男人往往会吃女人的亏"，想到这一幕，她脸上挂着禁不住的微笑。当坚硬的土坯狠狠弄疼了她的指甲时，她浑身不由得打了个激灵。她有些不服气，再次用双手的指甲去抠。但是，那土坯跟铁铸的一般。仿佛人们害怕她从这里逃走似的，刻意下了一番功夫将这墓穴的门口筑得既牢靠又结实，纵使三头六臂者也插翅难飞。

"这里太结实。"她自言自语，心里布满了更大的恐惧和忧愁，"要是能把自己的声音喊出去多好啊。"但是，她知道哪怕把吃奶的劲儿使上喊破了喉咙，声音也不会传到外面的世界去。她异样凄然地苦笑着摇摇头，那空前绝后的头发便发出水一样的响声："即使声音勉强能传出去，这是一片荒凉的乱石冈子，不会有人从这里经过的。"有谁能听到她的声音啊！

不知是幻觉还是极度渴望，她却似乎能听见来自外面世界的杂乱的声音。

她用一只手安慰着另一只手上的指甲，搓了搓。她的手是冰凉而潮湿的。她感到力量又回到身上，血液也似乎在血管里汩汩鸣叫着流淌。她是一个合格的勤劳而善良的女孩子。母亲在世的时候从不让她干家务活，但是她只要一放学回家就马上接过妈妈手里的活计。在城里读书的时候，每个礼拜六的下午妈妈都站在门前的杏树下面翘首等待她的归来。第二天去学校的时候，妈妈早早给她做好馍馍，并帮她收拾妥行李，又站在大门前送她。她每回一次头都似乎看见妈妈头上添了一根白发。她要回好多好多次头。妈妈依旧站在那里，微风凌乱了她头上的银丝，好像衰败的草一样凄凉。她每回一次头就抹一把泪。直到什么也看不见的时候，她依旧不能停止哭泣，就这样一直哭到学校。她觉得妈妈太可怜了，一辈子都没走出过这个村子。但她希望她的孩子能走出去，能到外面的世界去。外面的世界一定比这个村子里大，比这里好得多。

但是，所有的努力都化为灰烬。

"妈妈！"她悄悄地一次又一次地喊道，"妈妈！"

她在无比黑暗的墓穴里畏缩着，仿佛这狭小的世界正在用压倒一切的力量逼迫压抑着她。坟墓正在无声地显示着自己的地位，慢慢摧毁和折磨她的意志。一想到这永远的黑暗，一想到死后灵魂要受到火一样的煎熬，她的浑身和一颗无助的心就没命地抖动起来。脑壳撞在墓穴的墙壁上。她和恐惧斗争着，竭力打起精神和自己的意志抗争，和自己的软弱对抗。

在她病情加重的那几天里，她感到四肢乏力、恶心、头晕目眩。有时就昏过去了。她一直盼着那个叫阿卜杜的男孩子能来把她看看。就站得远远地看她一眼。然而，令她难过的是阿卜杜始终没来瞧她一眼。她依旧常常跟蚂蚁说话、跟树叶说话、跟云彩说话。人们都有自己的事情，没有人愿意跟她交流。她太孤独了啊！只要闲下来，她就给所有的熟人写信。写了总有几十封信吧。但却没有寄出去一封，因为随着时间的推移，她开始害怕麻烦别人、害怕那些富有爱心的人会替她担心或者因同情而找上门来。当然也有幸灾乐祸者和落井下石者。记得有一次，她去河湾里给牲口饮水，碰见村子里保长的女子咪乃儿。咪乃儿岁数和她一般大，生得像个猪八戒，一字不识，以前常瞧不起她，并且抱着轻蔑的态度揶揄她说："你的书念得再好也是没有用的，我大（父亲）说了现在是后门加关系。干啥不都是后门加关系呢？你看那当官的子女，就是比老百姓的强，没多少文化，但却吃得好、穿得好。依我看，你也别读书了，读还是白读，学好数理化，不如保长是我大！"当时尽管她不以为然，但那天她心里忒难受，深深地感到自卑，就想让牲口喝了水赶紧离开。可是，咪乃儿不让她的牲口喝水，在一边拦着说："你的牛说不定也被你染上了病，我不许它们再饮用这河里的水，再饮用的话我们全村的人都得和你一样了，那怎么办？你这不是害人吗？但是你也别想着你有病我们就惹不起你、怕你。你迟早会被我们逐出这个村子的！"

当然，大多数人虽然因能力有限给她帮不上什么，但看她缠绵病榻，又孤孤单单，都暗暗表示同情。由于贫穷而无力救治，加上愁肠、压抑、孤独和绝望的倍加折磨，她的病情日益恶化，一连几天昏迷不醒。人们闻讯后，好心的村民号召全村的男女老少都来探望她。有的拿着油香、馓子；有的拿着刚刚割下来的向日葵头；有的则拿着胡萝卜，听说胡萝卜能滋补；还有的拿着梳子和别头发的卡子；有的提着清油和蔬菜；等等。只是没有送鲜花的。尽管送鲜花十分的浪漫，但农村人不兴送鲜花。咪乃儿听说她快要死了，也抛弃前嫌来探望她。咪乃儿给她剪了一副极其美丽的窗花：一只美丽大方的孔雀落在一棵巨大的鲜花盛开的树上，用嘴叼起树枝上的一枚花瓣。也许咪乃儿把即将离去的她比作孔雀。

人都是要死的，谁也不会与一个即将离去的人计较的。

她看到这空前感人的一幕，泪水把她的心都淹过了。她眼前逐渐模糊起来。一位快要入土的老奶奶也赶来看她了，她用袖口抹着泪水说："这是一朵纯朴的花儿，一只漂亮的小果子。"可是，她却什么也没听见。她已经什么也不知道了。

直至她再次醒过来时，却已经到了另一个世界。据一位老太太讲，就在她们七手八脚地给她洁净了身子，准备给她的身子上裹，信仰伊斯兰教者，死后仅用几尺白布包裹，不允许穿戴任何衣物。裹白布时，有个爱钱如命的人鬼鬼祟祟站在门口自言自语："那辫子剪下来还可以变几个钱花，埋了太可惜了！"这哪里是来送葬的啊？有人听了，对他嗤之以鼻。

她又在所有墓穴的墙壁上摸着黄土的虚实。她想起村子里人们传说曾经有个叫布布的人，大家以为他无常了，就把他埋了。可是当天晚上，他就托梦给家人说我还没有死你们怎么把我活埋了？人们挖开坟墓，见他果然活着，便救了出去。哪里想，他竟然又活了十年。十年呐！这是个什么概念？十年是一茬人。人只要在这世界上每生活一天，就有一天的事情哩，同时也有一天的感受哩。人的一天和一天都不一样。因为每过去一天，人的生命就会缩短一天。

"布布是如何给人托梦的呢？难道全心全意想一个人，就能被那个人梦见吗？那么，我现在最想的人是谁呢？是阿卜杜？不知道，也许是村子里那些心地善良的人。反正不知道，真的。"她的心里异常之乱。

"要是有一把小铲子就好了！"她想，"一枚铁钉子也成啊！"
但是，坟墓里面一无所有啊！


有的只是黄土，厚厚的黄土——人曾经吃着黄土上的东西活着，最后却要化作黄土和黄土融为一体。这真是亘古不变的规律啊！尽管人终归一死、终归要化作泥土，但每个人仍然希望自己能活着，并且都希望能活得比别人更好一些。

新一轮的恐惧窒息般袭上心头，令人急躁不安。她的心仿佛马上就要从胸口里面跳出来，肺立刻要炸开来。又仿佛一只野鹿被关押在一个促狭的、黑暗的牢笼里。它似乎喘着气要用头颅撞开牢笼。鲜血似乎飞溅着，令人胆寒而又惊心动魄。

说不尽的凄凉与孤单。

她情不自禁地发出野兽一样的哀号，并辅之以手指猛烈而又不顾一切地刨土。

但是，土立时就把她容身的地方填得满满的了。这比刚才更加地令她心惊肉跳，更加令她恐惧和害怕，害怕一万倍。她觉得她必须冷静和谨慎从事。

她又一次想起阿卜杜，他变得那么陌生。

墓穴内似乎显得更加强大严厉、阴森逼人。

先把"生死"两个字平淡下来，她想。她把刚才的土运送到一个小小的角落里，对自己所处的方位也重新度量了一番。就在她清理泥土的时候，手指摸到一个形似鼠穴的光滑的小洞孔，洞孔旁边仿佛有植物的根须。她欣喜若狂，一股热流漫过心头："生命总是处处存在啊！"她一方面觉得感动同时觉得凄然。

她继续工作，刨了一阵土，便坐下来休息。人在一片漆黑中的时候，耳朵变得出奇敏感，并且觉得耳朵原来如此珍贵和令人感激。她忏悔着平时对于耳朵存在的漠视，现在才觉得它是一个很好的可亲近的人生的忠诚的伙伴。在黑暗的苦难当中，平时倍加爱护和寄以厚望的眼睛却背叛了她。但耳朵却似乎更加坚定地与她紧紧站在一起。她听见自己的心剧烈跳动的声音，听见自己急促喘气的声音以及身体与黄土碰撞、摩擦发出的令人不耐烦的煎熬的声音。无论墓穴里发出多么细微的声响，耳朵都会惊恐不安地告诉她。这让她觉得感动，又觉得悲悯。毕竟耳朵不能够告诉她外面的声音啊。

她静静地倚靠在墙上，听见生命在血管里不绝如缕的回声。她心里向往光明时，胸口疼痛的难受劲儿就像鸡蛋在火红的锅里被煎熬一样。她又挣扎了一阵，累得连出气都觉得疲倦。"挺住，挺住！"她不时提醒着自己。但是，一会儿她还是昏昏沉沉睡去了。她刚一睡去便梦见就在人们准备抬她去坟地时，有个小孩看见她的眼皮跳动了一下。可是谁也不肯相信那孩子的话。谁愿意相信一个孩子的话呢？半个小时后，她从恐惧中醒过来，心上万分孤寂。墓穴里没有一点动静。她伸出手去：墓穴冰冷的墙壁无情而坚硬地阻挡在她的面前。

她又开始刨土。那一双手在近乎渺茫地向墓穴的外面挺进。这个柔弱的女子一面奋力掘土，一面想着村子里的每个孩子在刚降落到这个世界上的那一幕：大人们喜悦地洗着孩子身上从另一个世界带来的污浊的东西，让鲜艳的生命变得干干净净、一尘不染地开始自己的一生；接着到这个人咽气时再一次洗净其一生一世叫尘埃污染了的肉体和心灵。这两次大型的洗涤至关重要。然后，这个人便被清清白白地送走。

此时此刻，这个女子不仅苦苦地拼着体力，忍受苏醒后的饥饿，同时苦苦绞着脑汁想一切事情。她坚守着朝墓穴外面抗争紧紧追来的死神的每一丝信念。无论什么苦难都会比这令人窒息的狭小的黑暗更好一些。

莫名的，她反复想起念书的时候男同学偷偷议论着她风姿卓绝的身体。记得有人在美术教师的宿舍里偷出一幅少女的裸体画。因为好奇，大家齐齐传阅了：她那白皙的身躯半卧躺在一堆花束中，纤细的手指抚着颈项和乳房，双乳有如含苞欲放的花朵；雪白结实的小腹和雪白丰腴的大腿吸纳着人们的各种目光；刚刚沐浴出来似的，浑身湿漉漉的，仿佛散发着香皂的芬芳。那时候，她觉得人体蕴涵的美的深奥的道理超越了一切所谓的艺术。那幅画中的女子，可以促使人浮想联翩。你说她像蛇，但又不是；你说她像传说中的龙，却也不是；像鹿非鹿、像马非马、像月亮与太阳又非月亮与太阳。她集世间的一切美于一身。她之所以令天下男人寻寻觅觅，也许因为她什么美都是，却又什么都不是。

女性的存在与虚无，使她在很久很久的一段时间里有一种怅然的感觉。

她抱着一种侥幸与赌博的心理，顺着鼠穴的方向掘土。

时间一秒一秒地过去，生命的终结在一点一点地逼近。她像动物具有的一种坚韧，这种坚韧像生命本身那样执着，不知疲倦，而且又艰苦耐劳。这种坚韧就是人类赖以生存的资本。她像一只受伤的梅花鹿那样发疯绝望般地挣扎。但是，她的内心又充满了矛盾。她只要一想那毫无光彩和希望的人生，全身就似乎没有一点力气了，甚至懒得动弹。"就这样等死。"她近乎有些感激命运的安排，叫她的身心备受人生的煎熬、叫她被死神慢慢地折磨、叫她清醒地死在自己的墓穴里。她似乎有些幸灾乐祸，乃至就像一个苦难的绝望的人在无比的痛苦时，对自己的肉体和心灵进行自残或者戕害，让自己深受血与火的洗礼。然而，在另一个时候，她却使人的心变得发凉，灵魂变得沉重。

她忧心忡忡，辗转不安。

她的心总是处于一种不稳定的你死我活的激烈争夺的状态，仿佛一会儿这一边战胜了那一边，一会儿又是那一边战胜了这一边。希望与绝望总是不断地斗争着。她再次神经质地举起双手，什么也不去想，只管刨土。尽管走出墓穴到底哪一个方向距离外面最近，她连一点也不知道。她疑虑重重，甚至把她以前的推想——推想从哪个方向最容易走出去——通通推翻了。现在，她才觉得人原来是迷茫的，根本不知道路，却一味地瞎摸索。但什么又是支撑这种摸索的动力？是希望，是一种看不见的东西。但绝不是一种能看得见的东西。她在逼仄的无尽的黑暗中挥舞着双手，那姿势像一场独幕剧一样令人感到意味深长，感到所富有的尽可能多的含义。那双手迅速地舞了起来，孤独而寂寞地舞了起来。这的确像是一个人的战争啊！她的指甲全被磨掉了，十指流血。但是，她却不知道疼。最后，她连动弹一下的力气都没有了。只剩下模糊的思绪。这并没有使她吃惊，似乎一切都已经过去了。"现在该怎么办呢？"她心里自言自语，向周围的黑暗扫了一眼。她似乎不觉得再难过了。

终古常新的时间，慢慢走着。她怀着温柔和爱意，想着这世上所有的人。这时她的辫子像一条蟒蛇一样盘成一个太阳或者说月亮或者说镜子或者说向日葵的形状。到底更像是哪一个，一时很难说清。那辫子从未有过地静静地卧在她的腿当中央柔软的泥土地上。只有辫子并没有因为她的生命一点、一点地流尽而失去其原有的光泽，依旧独立地延续着自己的生命。不知是哪一位生者把她的辫子结得这样紧密？不知曾经有多少人夸奖过她的辫子、嫉妒过她的辫子、羡慕过她的辫子啊！她颤抖着像生命受死神的最后一下击打时，在痛苦地炫耀着将尽的纯粹的火焰。"肉体会比辫子腐烂得早，只有辫子还没有生病。"她陷在这样空虚而安谧的沉思中，一直到她从鼻孔里呼出最后一丝摇曳不定的气息为止。

伊卜拉辛还未把那条辫子拿回家，人们便纷纷赶来观看。那黑色放光的辫子，除了表皮接触到墓穴里泥土的薄薄的一层腐烂化成了铁灰色的尘埃之外，其余的依然仿佛刚刚从一位美丽绝伦的姑娘的头上剪下来似的。有红眼病的人带着"我怎么没有得到这条辫子"

的愤恨，仔细端详着这条来自另一个世界的东西。而伊卜拉辛，当人们羡慕辫子时，他觉得他得到了一个宝贝、一个形同文物的东西；但当人们鄙夷这条辫子的时候，他又觉得自己干吗弄来这么一个令他沮丧和万分不祥的破烂。但他还是决定：把辫子卖掉，并且希望能卖得划算一些。后来，终于等到有人掏钱来收购这条辫子，于是伊卜拉辛就把它从炕柜子的深处拿出来卖了，卖了二百五十块钱。

一经来到尘世，那条辫子的命运不知又将漂泊、流落于何方？

# 网

他是在拂晓的时候，逃进这片大沙漠的。他从小喜欢的是水里自由自在的鱼。

鱼是他梦里一直最肯梦见的东西。他有气没力地扑倒在一堆沙丘上，展展的，像一条死狗那样。他把弥漫着汗水和变得热气腾腾的脸颊紧紧贴在滚烫的沙子上，一种与大地接吻的悲伤和亲切一浪一浪涌上他心尖。他有无数的话想说出来，但压根就没有人去倾听他心中愤愤不平的声音。尽管他觉得他不但没有错，而且还是一个为民除害的人。但是，警察咬住他不放，还在后面紧紧追赶。他想，也许他们太立功心切了！他们极有可能在这次追捕他的过程中得到莫大的荣誉、表彰，甚至升官。是啊，有些人为了升官或某些利益，就会连命都不顾的！

他清醒地意识到他已经是一个杀人犯。他杀死了他的上司。警察在到处抓他。他觉着那人也该死，但是，法律不说这个；那些平日里和这人推杯换盏、称兄道弟执掌着一方法权的人不说这个，他们坚决要将你绳之以法，甚至认为你竟敢和他们这种人挑战，或你竟敢和他们作对，不给你点厉害，人人都学习效仿起来，那还了得！于是，他们有人恨不得抓住了不经审判就将他撕成碎片，或者让人在追捕的过程中借机将他击毙好了。

他呼哧呼哧地喘息着。他觉着他是有自尊心的。他的心咚咚地跳着，一下又一下重重撞击着胸腔，这个声音曾一度把他给淹没了。他本来是一名普通职员，自从这个阴阳眼的上司一上任就给他小鞋穿，想着法儿刁难他。如果谁看见上司那样的一双眼睛，立马就会觉到自己的处境非常危险。上司在倾听你说话的时候，看似心不在焉，不屑于理你的样子，实质上他在全神贯注地听，在观察。这多么阴险啊！上司骂人的时候总是一只左眼睛瞪着你，一只右眼却盯着旁边的另一个人，倒把旁边这个无什么干系的人吓得不轻。这是他观察了无数人的眼睛之后，见到的一双让人生畏和毛骨悚然的眼睛。尝到过这种苦头的人，一定是深有体会的。

对于命运的捉弄和摆布，他曾想反抗，但一想自己的一切就掌握在这个人的手心，便什么也说不出啦。上司还把嘴欺人地按在他的耳朵上低沉地说："我说是黑的就是黑的，我说是白的那就是白的。"

他见上司这样不公地待人，就索性把上司布置的工作不当一回事。他想，你就是拼命工作又能怎么样啊！领导还不是把你淡得和凉水一样。有一次，上司还和另外的两个手下设计陷害他。他眼睛里忽然有一种冷酷的厌恶在飘着，一种郁结的仇恨正在他心里滋长。他冷静地转过身，在书柜的抽屉里找到了一把水果刀。他一脚踢开门，先是争论了几句，人家根本没有把他放在眼里，他有些恼羞成怒，感到自尊心被一再侮辱，就从袖筒里抓出水果刀，搡进了上司的肚子。

他把血淋淋的刀子轻轻扔在地上，抬腿从上司的身上迈了过去，头也不回地走了。

他突然感到轻松了许多。他离开现场，才逐渐感到了问题的严重。一种比受到欺压更为可怕的恐惧感涌上他的心头，如果被抓住，他们先会将他一顿毒打，送上法庭，最后名正言顺地以一颗枪子来结束他的一生。这是很清楚的。

他忽然感到一阵从未有过的寒冷与孤独。

周围一片寂静和黑暗，连黑暗中悄悄传来一丝细小微弱的声音，都是那么清晰啊！

这个人感到奇怪，自己以前对上司的行为哪敢反抗，现在却一下子变成了一个勇敢的人。他不禁又想，他到底是在向谁反抗呢，上司吗？不，他觉得他是在向一种习惯，一种几千年来打倒消灭，却又复生的传统的网反抗。

你回去认罪吧，挨枪子儿吧！当这个声音在耳旁威胁他的时候，他的另一个声音说，我绝不屈服、绝不低头、绝不伏网。我要反抗，我要斗争到底。听到这样的声音的时节，他的肌肉变硬了，意志也变得更坚强。

与其为这样一个人等着去被捕、挨枪子儿，还不如逃跑，能逃多远逃多远，他觉得活一天算一天。生命有时节就是这样。

他知道他失手杀的不是一个普通百姓，而是一个可以对他发号施令的上司。想到这些，他很想突然对人们大叫大喊，告诉人们他已经处死了一个一直骑在人民头上的人。不错，他要是这样做了，他们脸上立刻会露出吃惊的恐怖之色。可是，不。他娘的他才不会这样做哩，尽管这样做了之后他将会感到无比欣慰。但是，他不当那种草莽英雄。这样做得付出巨大的代价。确实，他很想吓他们一跳，过过瘾，也让那些平日敢怒不敢言的人出一口恶气，好对他这样的反抗者发出敬重、羡慕和佩服的赞叹与欢呼——干得漂亮！

　　然他没有这样做。此刻，理智又使他变成一个会盘算，且能判断的人，他知道这样做没有什么好果子吃。再说，生比死强，哪怕多活一分钟。信仰比怀疑有力。因此，他得马上逃跑，逃得越远越好。也许那些不争气的、习惯于被欺凌的人已经打电话报了案。也许警察马上就到。

　　他没有人可以去告别。他一口气跑上了北山。北山上到处是杏树和死人的坟墓。他平时那么害怕到坟墓里去，但是现在却感到它们是那么亲切，以致想抱住某个坟头伤心地哭上一场。

　　警车果然在县城的街上响成一片，没命地号叫着，看样子所有的警力都出动了。死的不是普通的百姓！

　　他站在山顶上回头望了一眼这座熟悉而复陌生的地方。现在，趁天黑得马上逃离这个地方，哪里山大沟深就往哪里逃，总之得往最偏僻最不易人生存的地方逃、往农村人烟稀少的地方逃。车站去不得、公路沿线去不得、城市去不得。也许他们已经在商量下通缉令呢。他们会对各个交通要道进行严密的盘查。而且，现在的媒体一夜之间就可以让全国人民认识你。他们会把通缉令贴到包括厕所在内的所有公共场所，以及让人在全国微信圈里刷屏。于是，他决定远离人烟，让他们永远再休想见他的一根毫毛。


　　冬方刚破晓，一个极端阴森的日子到来之际，这个人离开了黄河地区的公路线（有时为了寻找吃的，他又不得不走回到有人烟的公路沿线来），爬上了一个高高的山坡。在那里，有一条迷离而人迹稀少的小径，穿过一片丰美的柏杨林，林带伸向东北方。这是一个陡峭的土坡，当这人爬上坡顶时，他停下来歇了一口气。他想起在沙坡头碰见的那位江湖大哥酒后跟他讲的话，也许是真的。那个人讲的故事似乎和他的遭遇一模一样。

他似乎有些惊愕。因为那人吹牛杀死的人听起来好像正是他杀掉的那个。他一直没想明白那个被杀的人怎么会在几个地方同时出现？那位江湖大哥酒醒后和他相互祝福一番就分手了。分手之际，那人叫他最好别一个人到沙漠里去找死。但是，他才不会再听别人的哩，哪怕是错误的选择。沙漠是最好的去处了，因为人类似乎总是害怕沙漠、逃避沙漠。他不就是为了躲开人吗？森林里虽好但可以养活人。有森林的地方不可能没有人。他妈的，凡是有利可图的地方，就一定有人卑鄙无耻的行踪和影子！

那几天，他有些侥幸，甚至有些瞧不起那些警察。他怀疑他们不再理他，便放松了警惕和逃跑的速度。但是，只要一想到他杀了人，杀人偿命，他便感到忧虑。千万不能由于麻痹大意，把自己的命搭上。如果还想在世上活，就得多长一个心眼，真的丝毫疏忽不得！

他连爬带滚地上路了。他知道，再向前走，就会进入腾格里沙漠，那里不能说绝对安全，但至少会减小人类的威胁。确实，人是最可怕的，人比自然界所有的灾难都更可怕。人只要离开人，就会有一种安全感和踏实感。

他坐下来休息。尽管后面有警察跟踪追击，他却并不后悔这片刻的耽搁。反正他需要看表。时针正指着九点。这天没有太阳，也没有要出太阳的丝毫迹象。天空没有一丝云影，万物仿佛被一块无形的幕布笼罩着，显得惨淡昏暗。这种气氛并没有使这人感到忧虑。这些天，他已经习惯于没有阳光的天气。已经接连许多天没有见到太阳了！他不知道，还得再过多久，那可爱的圆球才能从东方的地平线涌出和隐去。

　　他离开原地歇脚的那个地方，远去，又折回到原地，一连数次，然后一边撤退一边用衣衫扫掉了自己的足迹。他估摸摆脱了几个警察的追击，才向西北方向的沙漠深处走去。

　　这人回过头朝他先前走过的那条公路旁边的小道和柏杨林望了一眼。远处，那几十米宽的黄河之水正滚滚向东而去，水是那么浑浊。河岸上，到处是白色的羊脑子石头，以及手感非常滑润的碎石子。河岸上还有一层白色的盐碱，并略有起伏。朝南、朝北极目望去，到处是光秃秃一片。只有一根如头发丝那样的小路，从一个沙柳覆盖的小山包旁蜿蜒曲折地伸向南方，它又蜿蜒而北，从另一个长满沙蒿的土包后面消失。这白色的细线，正是他走过的那条小路。他不清楚它到底通向哪里。当然，只要是通向没有人烟的沙漠，只要是通向生之路，就该高兴。

　　这个人渐渐走入了浩瀚无垠的腾格里沙漠。在这片神秘的、一直伸向远方的土地上，所有的一切，都没有引起这个逃亡旅人的注意。这并不是由于他对这一切早已熟视无睹而安之若素。要知道他是这片沙漠之海上一位陌生的来客，是初次到这里的一个人。问题是他现在已经沦落成一个杀人犯，而且后面又有人在拼命追捕，要将他绳之以法。所以，他对大自然这些内在的含义，自然感到麻木。

　　此刻，他觉得他这辈子破天儿第一遭取得了一个感情上的立足点，那就是使他能够站着观看他从未梦想过的那些模糊的关系。要是那座隐现的象征着权势的仇恨之山根本不是一座山，而是一个人，像他一样的人——那么他就会面对着一个很大的希望，像这样的希望他是从来不敢想象；同时他也面临着一种绝望，它的全部深度他知道他是无法忍受的。一股强烈的抵触情绪在他内心中增长，催促着他，警告他把这新看到的，新感觉到的东西撂在一边，告诉他它只会领他进入另一条死胡同，把他引向更深的仇恨之渊。

然而他只看到和感觉到一种生活，这种生活不只是一场睡眠，一阵耽搁的梦境；生活就是生活所包含的一切。他知道自己不会在死后醒来，感叹他的梦是多么简单和愚蠢。

他看到的生活是多么短促啊！

他心中不由得涌起一阵不安和焦灼。

他又紧张地奔跑起来。他的目的是要到一个没有人的安全地方去。但他又不知道这个地方到底在哪儿。当然，世界上肯定有这样一个地方，他能感觉得到。天快落黑的时候，他再也跑不动了，疲软的身子一下子栽倒在地。他爬起来，依然固执地认为这世上定然有一个安全的地方，等着他去找寻。这好比，那树上原本就有一枚果子等着人去采摘，关键就看你是不是那个摘果子的人。他总是觉得他就是那个人，那个能逃脱追捕的人。

然而，他想要逃到一个安全地方去的信念会有一个缺陷，那就是他已经失去了坚持下去的力量。有好几次，他跌倒了，又起来蹒跚地前进。可是又跌倒了，他试图爬起来，但没有成功。他感到他必须坐着休息一会儿。大约不到一支烟的时节，他就又爬起来持续地向前走。他感到呼吸马上就要中断。当他坐下并恢复了呼吸时，他感到相当安然、舒服。他甚至不发抖了，进而感到一股暖流涌进了胸膛和躯体。但是，当他摸摸自己的双脚和腿时，它们仿佛没有一丝感觉了，身体的各个部件似乎也越来越不听自己的使唤。他试图把这种状况强压下去，忘却它，或去想些别的事。但他知道这种状况所引起的恐惧感是那么强烈。他害怕这种状况带来的恐惧。但是这种状况却顽强地表现自己，持续着，直到他产生一种幻象：他的身体全部瘫痪了。这简直太可怕了！于是，他又沿着这条道路疯狂地往前跑。

一次，他放慢速度，一直慢到平常走路的情形，但是一想到警察马上就到，他又奔跑起来。

当他跌倒时，他立刻感到警察已经距他越来越近了。他看不到他们，但能意识到他们流露出少有的得意神情。警察那种充满荣誉感与骄傲的样子激怒了他。他咒骂他们。这时身子更猛烈地颤抖起来。此刻，他觉得他很悲壮，有一种英雄落难的感觉。但他也没感到有什么后悔。危机从四面八方潜入他的躯体。他不甘心啊！想到这个，他又往前跑了，但是他跑了不到五十米，就摇摇晃晃一头栽倒在地。这时，他再一次被恐怖所攫住。当他恢复了呼吸和自我控制的力量时，他坐起来，开始思忖着怎样庄严地死去。但是，死的概念却以一种完全不同的形式在他的脑海中出现。他仿佛感到他在闹一个大笑话，他像一只被砍去了头的小鸡那样到处乱跑——能跑到哪里去——这就是他脑中出现的情景。不过，人反正是要有一死的，要死那就应该悲壮地去死，但他无论如何都想不出更好的办法。当他的思绪重新平静下来时，一种昏昏欲睡的感觉朦胧地出现了。他想，能够睡着死去倒是不错，就跟吃安眠药一样。人类为了生存，本来就没睡过一次好觉。这回好了。并且，只有这样地死才是最理想的方式。一点儿都不觉得可怕。再说，更坏的死法还多着哩。当然，枪毙是最伤人自尊的了。尽管逃跑是愚蠢的、懦弱的、可怜的、一种不光彩的举措。

但只要能找到一片安静的土地、一条出路，即使是最可耻的行径，也使人向往啊！

不久，他的脑中出现了如下的情景：他看见警察在次日找到了他的尸体；他忽然发现自己正沿着那片大沙漠寻找自己；他看见自己躺在一堆血染的沙丘上，发现他和自己已经不再是一体了，他已从自身游离出来，正和被杀死的那个人站在一块儿注视着自己躺在沙堆上的身躯。如果他回到故乡，他将可以向人们讲述真正的杀人犯是怎么回事。想着想着，他眼前浮现出他杀的那人十分丑陋的形象，他正在地狱里和一个婊子做爱，样子显得昂扬而舒适，并没有什么痛苦，这让他大伤脑筋。

他喃喃地骂了一句。

接着，他就沉入了生平似乎从未体验过的最舒适最甜蜜的梦乡。可是，在这可贵的睡梦中，他渴望梦见自己变成一条鱼儿，在大海里自由自在地游着。然而他什么也没有梦见。黄昏渐渐离去，这一天终于结束了。警察在夜里是不便于行动的，因为他们没有带狼狗。说真的，他喜欢夜晚，但夜晚总是那么的短暂！

这个人醒来的时候，感到饥饿在以它决绝的方式折磨着他。他试图嚼一口吃的。但吃的却不知什么时候没有了。他现在已经想不起吃的东西是跑丢了，还是吃完了。他真是紧张极了，冷汗直从两旁的太阳穴上渗了出来。他突然伤心地哭了起来。

现在，身上一点吃的东西也没有。这个人只好重复咀嚼的动作。这个动作，常常可以缓冲饥饿的折磨。

他想起在沙坡头碰见的那位江湖大哥的忠告，他当时还暗自嘲笑呢。那人曾一再严肃地劝他，不能独自到毫无人烟的沙漠里去。然而他并没有听。他认为这人太缺少丈夫气概了。可现在，后悔又有什么用呢。

天刚一亮，他就起身了。现在，对他来说，找到食物，是他活下去的唯一的希望。

天完全大亮了，一轮红日冉冉升起，给人带来生的希望。沙漠的戈壁滩上出现一簇簇花朵。花是那种淡黄色的小花。这种花在戈壁的夏季开放，矮矮的，基本上贴着地皮，一大蓬，一大蓬，没有叶，全是碎小的花朵。这花叫不上名字，有人叫它沙漠花。一只马蛇虫子在那花丛中敏捷而又警惕地窜来窜去，突然停在一朵花下，脑袋迷失在花丛中，只露出鞭梢儿似的尾巴在自如、快捷地弹跳着。这个人懒洋洋地端详着它，研究着它。

他本能地咽下了一口唾液，并伸出变白的舌头舔了舔龟裂的嘴唇。

如果是以前，他只是出于好奇看上它一眼就走开了。但是现在，他真想叫这茫茫戈壁上的一切生命之躯都变成他的食物。只有这样，生命的火花才能够在他的躯壳里继续燃烧。

他拣了一块石头，在手里试了试轻重，然后一咬牙奋力向那只马蛇虫子投去。

把那丛花都砸烂了，这下，他窃喜地认为一定打中了。当他拨开花朵和石头查看时，发现马蛇虫子早已不知去向。他沮丧极了，埋怨马蛇虫子没有勇于献身的精神。眼泪花儿在他的眼眶里打着转儿。

他又拣起了一块石头。

在这一整天的时间里，他都在进行着这种徒劳的工作，愈到天黑，他愈变得恐慌和害怕起来。饥饿已不允许他再这样无为地闹下去。太阳快落山的时候，他终于打住了两条很小的马蛇虫子。这里似乎只有这样的小生命。他原本想把它们搁在火上烤熟了吃。但是他身上没有带火柴。饥饿在慢慢地威胁着他的生命。如果他不吃它们，就再没有别的办法了。

他紧闭双目，张开嘴巴，双手将其中一只被石块砸得稀糊的马蛇虫子塞进嘴里，他浑身战栗了一下，就咀嚼起来。一阵浓烈的腥甜的气息释放在舌苔上。他嚼得满口生血，一丝血肉模糊的东西从嘴里溢出来，他犹豫了一下，遂赶忙拿手背挡了进去。他把每一丝带血的口水都用伸至极限的舌头尖舔回去吃了。他吃得十分香甜，吃完后依然不满足地舔了舔嘴唇。他觉得连唾液都因刚才咀嚼过食物而变得宝贵起来。他一次又一次把唾液咽到肚子里去，直至变得口干舌燥，一丝口水也没有了为止。

这一点食物根本解决不了实质性的问题。饥饿依然在折磨着他；死神依然在周围徘徊，他痛苦极了。曾听老人们说，很久很久以前，有过人吃人的事情。这在以前打死他也不信。但是现在他信了。

这片寂静的沙漠，似乎从来没有人到过。

这人继续前进。他本不热衷于思考生死，然而此时此刻，他不得不想到他将在这片茫茫沙漠里要么被捕，要么被活活饿死、累死、病死。除此而外，他似乎也没有什么别的事情可以去想。他没有人可以去对话，如果有，他也是一句都不想说。

后面的警察还在紧紧追赶。他真后悔没有弄到一把枪带在身上。

当他接下来吃第二只马蛇虫子时，他嚼得那么快，连上颚都疼痛起来。他停止咀嚼，把食物含在嘴里，觉得从他的唾腺里分泌出来的液体正在食物周围流动。他吃完以后，伸展四肢躺在一堆被阳光晒得烙炕似的沙丘上，闭上眼睛。他再次蒙眬地睡去，但睡得不安稳。

接着他突然间坐了起来。

他想起他很长时间没有读报看电视了。现在的报纸都在说些什么呢？国家怎么样了呢？他站了起来，他的身体直晃悠，连沙漠也在摇动。他依旧很衰弱，有点晕头转向。他顺着沙丘，慢慢滑到沙丘下面。他小心翼翼地走了几步，转动头颅四处窥望。劈面走来一个警察。

那个警察跌跌撞撞的，看样子也只有一口气了。他一路循着这个人的踪迹追来。

他突然敬重起那个警察。那人虽然是他的对手，但他毕竟以自己的毅力和耐心尽着自己的责任，捍卫着法律的尊严。

这人见那个警察提着一把枪。他吃了一惊，心里猛一冰寒。他想爬起来逃走。

但是身子沉重得像铁块一样。他只好无可奈何地坐下并向那个警察走过来的地方凝视。他终于冷静下来，那个警察并没有发现他，而且看样子也已奄奄一息。相比之下，他的身体似乎要比那个人好一些。真是虚惊了一场啊！他觉得自己不至于面临被抓住的危险。于是，他继续去寻找吃的，只要找到吃的，活下去的希望不是说一点没有。

这个人没有理那个警察。他趁着那个警察尚没发现他就独自走开了。说实话，他最害怕的是有人在他的背后打黑枪，一想到这个，他的身子发疟疾一样颤动起来。

天气趋向深秋，他一整天都没敢睡觉，他怕自己睡着后，呼噜声引来追寻他的那个警察。这一天，深秋恹黄的天日宁谧地展现在他眼前，像一条长廊、一张挂毯，渐渐成为一幅明暗对照的素净大漠图。

这个人再也没有找到吃的东西，他那龟裂的嘴巴仿佛干渴的沙漠一样。

在一个面阴的有一层薄土的沙坑，生着几根干枯的植物，这个人喜出望外，忙忙用十根手指在那植物的根部刨了一个洞，然后不顾一切地把脑袋扎进去，吮吸下面的水分。

他已经越来越衰弱了，只是一个劲儿地硬撑着。他把鞋子脱下来扔了，因为他弄不清到底是鞋子还是双脚变得死一样沉重。那双劣质皮鞋早已破烂不堪，他丢掉之后，却觉得有些心疼。但他没有回头去找。

现在，他的两只脚都碰烂了，不断地流着污血，他在伤口上填了许多的沙子和浮土——他说不上这么做的理由是什么——只是觉得心理上安然了一些。

生命这个东西，真是非常顽强，甚至有些固执地存在着。尽管这个人头脑里没有想什么，他观察得却很锐敏。他经常倍加小心地留意周围任何可以潜伏人的地方。一次，当他走近沙漠中遗留下的一片废墟时——那地方积了一层厚厚的尘埃，经风一拂，飒飒的，隐约散发出令人窒息的霉腐气味。几只鸟猛然飞走，他像一匹受惊的骡子那样蓦地退缩，从原地折了回来。另有一次，他怀疑前面有险情，停下来不愿动。他犹豫了好一会儿才迈开腿在茫茫的沙漠里疾足。有时候，他觉得自己像一个朝圣的人，脚下的路显得遥远而缥缈。有时，他听到了沙子河一样流淌。有时，风声中传来一个人怆然诵念的声音，渐渐优柔地汇成一片。

当他转身继续前进时，在他靠右约一百米的地方传来一声枪响，他大吃一惊，迅速卧倒在一个凹陷的地窝子里，一个劲儿地诅咒，愤愤不平：狗日的，非抓住我不可啊！把老子放了又有什么呢？一定是那个只留下一口气长得像个猪似的、执拗的家伙！

但是，这个人很快反应过来，这一枪不是朝他开的。他欣喜地想：他一定是熬不住自杀了，去他的吧！于是，他一步一步向着枪响的地方走去。一阵风朝他这边刮来，依据风声他隐约倾听到那个警察急促喘息的声音。他娘的，又一次差点上了当。真是诡计多端啊！他为自己的愚蠢而暗暗发笑，就在这时候，他觉得一种从未有过的麻木的感觉向他的腿脚悄悄袭来。他还觉得刚坐下时破烂发炎的脚趾所感觉到的疼痛正在消失。

他的脚趾流着血、流着脓。这人惊呆了。他瞅着自己的双脚，仿佛感到自己被判了死刑。他坐下并向太阳升起的地方凝视片刻。他终于完全冷静下来，一边流着泪一边俯下身子用舌头舔自己的伤口。也许沙坡头遇到的那位江湖大哥说得对，一个人到沙漠里去一定是去找死。可他没一点办法。他只有逃得越远越好。他恨不得插上翅膀飞离这片苦海。而现在，他只有等死了！

这时，他发出了一阵阵痛苦的咳嗽。每一声咳嗽都撕裂着他身体深处的某个部位，引起无比的疼痛。

他抑制住随之而来的绝望心情，又想起沙坡头那位江湖大哥说过的话。那个狗日的，怎么那么多沙漠里的经验啊！

他想站起来，却失败了，这使他吃惊不已，他没有想到，他的腿脚会慢慢远离他的身体，不受他支配了。

他索性躺下睡起觉来，一时，噩梦不断。过了一天还是两天，他已经忘了过去了多少天。先前，他还能分清是白天或者夜晚。后来，他总是糊里糊涂把白天当作了夜晚、把夜晚当作了白天。他觉得沙漠像死海似的闪烁着铅灰色的光。他觉得魔鬼在捣乱，样样不对头。没有丝毫的光辉。没有欢乐和温暖。荒凉。阴沉。讨厌。妈妈的！所有的色彩都是虚假的。

有一次，天上下了一场大雨，这个人被雨浇醒了。他爬起来望了一眼自己血肉模糊的双足，他发现这种腐烂一直在向上蔓延。他要用口吮净这些烂肉，免得伤口继续扩展。他蜷曲着，整个身子艰难地趴伏在腿上，把嘴缓缓凑过去。他吸着腿上的烂肉打算把它吐掉。可是，一种腥而咸的肉汁感虫子一样在他的嗓门上爬动，掀起他万般的食欲，使他的胃焦渴而不安地蠕动着。他先是短暂地犹豫，接着就把烂肉索性咽到了肚子里去。渐渐地，他吃得无所顾忌。他变得那么可怕，如此吃下去，他非吃掉自己的一条腿不可啊！也许，他这样做，完全是出于一种本能——是遵循那涌自生命深处的一股神秘力量的逼迫。

天晴了，那活泼的太阳的火焰，又一次给人带来生的希望。

他觉得肚子所有的部件都仿佛变成一团团麻木的重物，然而当他弄清这念头是怎么回事时，这种感觉又消失了。

一种重浊而压迫的对于死亡的恐惧来到了他的脑中。这种恐惧立刻变成揪心的痛苦，因为他意识到自己不仅仅是双脚破烂的问题，或是失去双腿的问题，这完全是一场生与死的搏斗，而在这场搏斗中，他是一个被追捕的逃犯，是处于绝对的逆境，不管他杀的那个人品质多么恶劣，他都得承受由这引起的一切后果。设若是那个人把他杀了，也许花几个钱就可以摆平，这是客观存在着的，根本就不会像这个故事一样这么麻烦。只要一想这些，他就心中不服，他就痛恨这个世界。他是那么的哀伤、矛盾和恐惧。这个恐惧感使他陷于惊慌失措之中。他翻起来，转身顺着那条迷离的沙漠古道向前跑去。他顾不得疼痛，怀着一种他此生从未体验过的亢奋感和恐惧感向前跑去。他的样子有些滑稽，又颇感悲哀的基调，那情形像一只被剁掉了爪子的麻雀，磕磕绊绊没命地跑。

当他回头看了一下自己刚才跑了有多远时，猛然发现那个警察还跟在他后面。

他才不理他呢。见他的鬼去吧！就在这时，他看到前面出现了许多的景物，有河岸、密林、绿叶闪烁的白杨树以及壮阔的天空。这一发现使他一下子从死亡线上看到了一丝生存的曙光。这样，奔跑使他感到舒服了一些。他浑身发抖。当他快要接近那些景物时，那些景物却梦一样消失了。这使他非常伤心！

这多么像他的上司对他一次次的欺骗，说好是要帮助他，却总是让他空欢喜一场。骗子，这是个骗人的世界。一切都像是游戏，像是南柯一梦，让人哭笑不得，认真不得。

他不再发抖了。在这同时，脑海中另一个思想告诉他：他永远到不了那个安全、宁静的地方了，那个地方美丽而遥远！是的，人们总是喊着"安静、自由、公平、回到大自然中去"的口号，可是却永远走着一条充满痛苦而又毫无希望的迷途。

他觉得马上要死了。他立刻把这个念头推向脑后，不愿去想它，但它不时冒出来逼着他想。他把它拼命甩开，努力去想别的事。

他感到奇怪的是，自己以前对不慎碰死一只苍蝇都感到担惊受怕和不安。可是现在却一下子变成了一个勇敢的人，一个凶猛的人。他想，他现在要是身体好的话没准连狮子、老虎都敢杀。尽管从表面上看，他是一个逃跑的人，而实质上他是在反抗。那么，他到底是在向谁反抗呢？是上司吗？不，他是在向一种习惯，一种几千年来消灭又复生消灭又复生的东西，一种人在人上的东西反抗。

"回去认罪吧，老老实实挨枪子儿吧！"当这个声音在他耳旁威胁他的时候，他的另一个声音说，"我绝不向邪恶、绝不向权势和媚俗低头。我要反抗，我要斗争到底。"当听到这样的声音的时候，他的肌肉开始变紧了、骨头变硬了，意志也变得更坚强了。

他还感到奇怪的是，在他的双脚烂得那么厉害——他竟然感觉不到它们着地的动作、感觉不到它们在承受着他生命的重量；在如此受伤的情况下，他居然还能奔跑。他一跑起来就感到自己仿佛是在沙漠上滑行、飞翔，仿佛他和地球之间失去了联系。

他展展地爬在沙漠上，把四肢伸展成一个"大"字的形状，那样子，仿佛在感慨地球，感慨它承载了太多人类的欢乐和苦难！他知道，在和命运或者说在和生死的斗争中他注定是要失败的。但他却宁愿要这样。这是因为，就在这个人走过去的地方，有一串串血迹留在了地上。这就是人在路上的过程。

他开始一厘米一厘米地向前爬着。

而那个敬业的警察也许还继续在追踪他，仿佛要和他一决毅力。

他又一次睡着了，这次他真的梦见自己变成了一条大鱼，沙漠则变成了一片汪洋大海。

他在海里游啊游，好不自在。

天上星移斗转。回头天就要亮了，再过一阵子太阳也要出来了。他就再也不觉得黑暗、饥饿、疼痛和寒冷了。

# 挂在月光中的铜汤瓶

　　一天早晨，细雨蒙蒙，一位老得已经难以说清年岁的老奶奶，推着一辆后面挂着小红铜汤瓶且载有瘫痪了的儿子的轮椅，缓缓走在县城的土街上。

　　街上的人零零星星，偶尔有人走过来掏出面额很小很小的零钱递给老奶奶，或者直接塞到她儿子的怀里。听说老奶奶就这样一面要饭，一面推着轮椅满世界跑，给儿子求医看病，日复一日，几乎走遍了全国各地。儿子的病依然没有好，但儿子却已经由一个年轻人变成了一个老头儿，满脸皱纹，胡子也像干枯的稀稀拉拉的茅草。

　　街头显得潮湿、泥泞，他们经过的地方到处有蔬菜腐烂的叶子。两只灰溜溜的鸽子飞过县城雨雾笼罩的上空向下跌去。环绕四围的山冈若隐若现。汽车呜呜吼叫着，驶过古老的土街，溅起雨点般的泥水。

　　路上的行人看着老奶奶和轮椅上的尤素福，都觉得他们两个年龄似乎不相上下，倒像是一对苍老而又十分般配的夫妇。

　　可是后来一打听才知道，他们一个是母亲，一个是儿子。

　　据老奶奶讲，她的尤素福生下来不久就患了小儿麻痹症，运动机能出现障碍。老奶奶的男人已经去世许多年了。老奶奶的这个儿子长到七八岁的时候，腰还像个虾米似的弓着，仿佛叫人用绳子抽了起来。尽管如此,尤素福七八岁就已经出门打工,主要是帮别人铡草、喂家畜、打扫院落,以此来养活自己。尤素福不能经常待在家里,因为哥哥们都十分讨厌他,认为大人一定是干了什么见不得人的缺德事,触怒了上苍,才得到这样一个弟弟。这种莫名其妙的猜测给父母带来了不小的压力,都觉得挺不幸、挺冤屈。而父母自己则认为他们是世上最好的人。这是毫无含糊的。而哥哥们则一直觉得尤素福这个生得有点奇形怪状的小东西,简直犹如一只扫帚星在他们的心头划过。

于是妈妈便叫尤素福到远离村子的地方去打工。由于经常找不到住宿的地方,也找不到东西吃,使得尤素福变得面黄肌瘦,跟个小萝卜头似的。就这样,他到处漂泊,且常常露宿在冰天雪地的荒郊野外。不久,尤素福的神经系统发生病变,身体也似乎丧失知觉,使得起初能磕磕绊绊讲几句话到最后竟然完全变成了一个哑巴。他的脑袋壳儿转过去,转到肩胛骨的一边,口里的涎水老是滴滴答答地掉下来,掉在衣裳上。他的身子渐渐收缩成一个像冻得蔫蔫的洋芋疙瘩的形状,怎么站也站不起来了,就连手也蜷曲成一个钩子,倒钩着弯到身子后面。从此,尤素福就不能干活了!

那时,尤素福的妈妈已经老了,已然老成了一个老奶奶。她本以为儿子的病慢慢会好转起来,哪里想竟会落得这么悲惨!于是老奶奶便找来乡村打铁的艺人用钢筋焊了一只矮小的、粗糙的轮椅,然后把洁净身心用的小红铜汤瓶用一截绳儿系挂在轮椅后面,推着这个儿子四处求医。他们讨饭为生,讨到哪里就睡到哪里。尤素福的哥哥们对他们的母亲说:"你的这个儿子不死,你就不要回来!""你想,我们侍候你,是因为你养了我们,我们侍候尤素福他又不是我们的爹!""再说谁给他端屎倒尿呢?""叫我们把一个残废从轮椅上抱上抱下，我们才不干呢！"

可是后来，尤素福的哥哥们学乖了，一听说母亲和弟弟乞讨上了钱，就高高兴兴地把他们接回，殷勤地"侍奉"一阵子，等到把他们身上的钱全部花干花光了，便又赶出家门。娘儿两个只好继续四方飘零。母亲和残疾的弟弟仿佛成了他们兄弟赚钱的机器。

多年以前的那个早晨，这个全身瘫痪了的尤素福，仰躺在轮椅上，看上去显得傻乎乎的，牛毛细雨深情脉脉地落在他张开来犹如半个破碗一样的嘴巴上，他莫名其妙地笑着，嘴里的涎水不停地从口角流到下巴枯黄的、如同茅草一样的胡须上，又在胡须上稍作停留，接着就像透明的丝线慢慢垂落在胸脯上。尤素福吃东西时经常会洒落汤水到胸脯上，久了便积攒了厚厚的一层污垢，使得胸脯看上去就像一块乌黑乌黑的铠甲，显得粗糙而坚硬，手指弹上去仿佛会发出清脆悦耳的声音。于是妈妈就给他专门用针线绣了一件别致的涎水褡裢，围在脖子上，间隔一段时间就把它拿下来用汤瓶里的清水洗得干干净净的，再重新围上去。娘儿两个各自穿着一件冬夏不换的棉衣，由于走到哪儿睡到那儿，任其磨蹭，渐渐棉衣便像是打上了油的皮夹克。倘若从他们的衣领上看，内衣仿佛都异常干净。老奶奶的裤腿用一道约两根手指宽的黑布条裹扎着，似乎是害怕污浊和尘埃钻进去。

阳光舒适的时候，人们看见老奶奶静静地守护在尤素福身边，用铜汤瓶里的水给他洗脸。汤瓶古朴的色泽荧光青青，那高高蹈之的神姿犹如凤凰引颈，它那么举止高雅！一缕清水从壶口溢出，像是在暗处突然打开的花朵，水珠落地似金，那贞洁的声音宛如翡翠般碎裂开来。尤素福的耳廓都被老奶奶用手指洗得干干净净的，洗毕，又给尤素福慢慢地梳头，她的手微微地，一梳子又一梳子梳着。老奶奶那么安详！尤素福咧开嘴巴懒洋洋地傻笑着，以喜不自禁的神情细细端详着妈妈的衣襟。尤素福悄悄地、柔声地出气，用头轻轻地摩挲着妈妈的手，似乎满含眷恋之情。老奶奶小心翼翼地照料他，用一种异乎寻常的爱的声音跟他说话。尤素福仿佛对所有的人都失去了警惕，老是傻乎乎笑得跟个孩子似的。他的智力看起来跟个儿童一样。其实不然，因为他可以和许多人下象棋。他发呆的时候，除了眼睛空洞地动弹着，其余再也不会觉得他是一个生命。只有老奶奶喜欢静静地看着尤素福在轮椅上像书呆子那样冰凉地坐着；喜欢看尤素福用脚把东西夹到自己的嘴巴里；喜欢尤素福捉弄别人时得意扬扬发出莫名叫声的神气；还喜欢看尤素福怡然自得和疲倦般的满足，以及无忧无虑地打盹。要知道，尤素福的那两只脚上的脚指头的确像手指一样灵活，不时轮换夹住施舍者递过来的钱，仿佛是在给大家进行某种表演，无论是纸币还是很小的一分硬币，他都能把它轻而易举且又慢条斯理地接过来，然后就像是怀着某种感激而快乐的心情把脚弯过来装入怀里。这个精彩的动作曾给大家留下深刻而难以磨灭的印象。老奶奶面无表情地望着儿子的一举一动，不慌不忙地剥掉一只香蕉的皮一截一截喂到他的嘴里；或者剥掉橘子的皮，一瓣一瓣地瓣下来，轻轻放进他的嘴巴里。他的嘴巴就像肌肉已经退化了的老奶奶的嘴巴，有时候猛然一看，他的那种老迈得近乎有些残酷的样子让人会猝不及防地想到人是要死的。

　　好多年前看见这个老奶奶推着轮椅上的儿子的情形，人们就已经发现她老得不成样子了。尽管时间已经过去了半个世纪。可老奶奶依然活着，旺旺地活着，倘不成为永恒和不朽，仿佛誓不罢休似的。但有时候，看他们看得久了，就会不由自主地觉得尤素福比生养他的妈妈还显得苍老啊！

如此一来，人们觉得他们更像是老两口了。

谁也想不到，白发苍苍的老奶奶推着儿子已经在这辆贴近在地皮上行驶的小轮椅上度过了无数个春秋！

老奶奶十分难过地记得生下尤素福的那年夏天的前一天夜里，自己做了一个淡绿色的梦。一种宿命的意味在她的记忆里散发出悲凉的气息。那天早上，尤素福顺顺当当来到了这个世上。

也许，老奶奶常常在想：为什么不叫尤素福的病给我得上？我更能承受这世上的苦难啊！

"这么大岁数了，在家不歇着！"

"真是老糊涂了，推着个残疾人到处乱转！"

人们在背后悄悄议论。

多年以前见过老奶奶的人们，觉得她竟然还活着。活得够长了啊！活上些年就行了吧，和你年前年后的人都已经进土了啊，就你能，还活着？活得叫人都有些不好意思了。

有时候，人们几年就不见了老奶奶，就都以为她殁了，渐渐地竟把她给淡忘了。可是突然一天，人们又在街上碰见了她，便失声叫道："这个老奶奶还活着啊！"当然说这话不全是嫉妒，也有赞叹、佩服和一丝说不清的敬意。同时也为老奶奶的这种锲而不舍的精神暗暗敬佩。无数的人看过他们后，都觉得尤素福比老奶奶显得更老了。

有一天中午，老奶奶给尤素福喂着煮熟的玉米棒子。老奶奶用手一边搓一边将搓下来的玉米粒小心地灌进尤素福的嘴里。喂完一只玉米棒子，她又用小红铜汤瓶洗净了一个苹果，用调羹在苹果上面掏了一个小坑，把小坑周围的苹果肉汁一点点地挖入坑里，抹成模糊状，方才用调羹捞起来喂进尤素福嘴里。老奶奶的样子就像是在喂养一个永远长不大的婴儿。尤素福吃东西的时候，跟一个老太婆似的，下面的嘴唇包裹着上面的嘴唇，口一张又一翕地嚅动着，食物长时间地在他的嘴里转动着。东西吃完后，尤素福便悠闲地用两只脚踩在轮椅前轮两边焊接的脚踏上，掌握着方向，老奶奶则在轮椅的后背上用力推着。挂在轮椅后面的铜汤瓶便在阳光下放射出耀眼的光芒，并敲打在轮椅后面的铁靠背上，当啷、当啷发出悦耳动人的声响。走着走着，尤素福看见了经常给他们施舍的老熟人伊斯玛乃，立时用脚转动着轮椅的方向，借助下坡和妈妈推动轮椅的惯性，快速撞过去。伊斯玛乃一个趔趄，弄得面红耳赤。可是，尤素福不待撞上，双脚在脚踏上猛然一扭，就改变了轮椅的方向，轮椅吱吱地叫唤着从伊斯玛乃的身子边擦了过去。尤素福回过头咧开半个破碗一样的嘴巴傻乎乎地笑着，洋洋得意的样子。伊斯玛乃虚惊了一场，见尤素福开心地在一边笑，便也摇晃着头微笑着，心里似乎有些哭笑不得。

老奶奶把尤素福推到一个向阳的路边，坐下来。她弓着腰，满脸皱纹，拿出针线，开始心平气和地缝补一件不成形的、破破烂烂的衣衫。老奶奶不时停下来用嘴舔着右手的两个手指头，那只手瘦骨嶙峋，青筋毕露。老奶奶的脑袋壳和手一起抖动着，有如秋天的树叶，仿佛风一吹就会轻轻地飘然下来，凄切地凋落在地上。

时间一天一天地过去。

老奶奶的牙齿一个接一个地掉落，头发白得跟白面碗一样。一个人老到如此境况，真是不堪设想啊！听说孙子们都盼着她赶紧无常呢。老奶奶老是游荡在世上不走，他们也感到怪尴尬的。可老奶奶就是不走。她似乎发奋地活着，顽强而又固执地活着。老奶奶老得大约都可以做我们的祖奶奶了吧！有人开始在背地里叫她老不死。还有一些怕死的人，竟然突发奇想地跑到老奶奶的跟前打听长寿的秘诀，了解她的饮食状况。可老奶奶却说她见了可以吃的就吃、可以喝的就喝，除了不吃伊斯兰忌讳的东西之外，饮食上说不上有什么讲究。最后，在别人的苦苦追问下，她告诉他们吃清淡的素食，晚上睡觉的时候肚子不会发胀。

大家听了，似乎觉得很有些学问和道理，便在心里暗暗想着回去是否模仿。但一想到老奶奶那种近似于苦修般的生活，勇气便大打折扣，不敢尝试了。

老奶奶已经愈来愈老了，但她依然推着尤素福在外面转，就像上班的人一样，早出晚归。到了晚上的时候，他们就会找个便宜的店房住下来。如果是夏天，那更不用说了，只随便找个容下身子的角落就睡了，到第二天天刚亮又早早出发了。这种生活久而久之似乎成为老奶奶的一项难以割舍的工作，一种精神上的寄托与牵挂。失去这些，老奶奶似乎惶惶不可终日。倘若换成别人，也可能早就把这样一个拉扯不到世上的孩子撇在家里或者扔到外面让他自生自灭去了。可老奶奶却不，她即使四处乞讨，也要养活尤素福，老奶奶似乎在和衰老、死亡之间进行着一场搏斗，仿佛一方要征服另一方。同时，他们两个又从彼此的身上汲取着难以言说的温暖。尤素福从老奶奶那颤颤发抖的双手中获得了某种力量；老奶奶从尤素福那里、从一种坚守中找到了精神上的寄托。有时，他们都挨着饿，张着两只牙齿寥落的仿佛布满皱纹的嘴巴，两只眼睛彼此怅然地瞅着，好不容易才看清对方的脸。

这是两颗因疲劳和困乏而急剧跳动的衰弱的心！

确实，人都是要死的，这是无论谁都难以抗拒的事情。

老奶奶身体的各个部件都已经开始退化，就像一台机器或者机器上的螺丝一样。如果机器运转的时间过长，就会老化、失灵；螺丝到了一定的时间，就会打滑。一个人也一样。老奶奶她不会像终古长新的太阳一样万古长存的。肯定的，有一天她一定是要离开这个世界的。

然而，有一点需要大家思考，当然许多人都已经开始在纷纷议论和思考这个问题了，那便是老奶奶和尤素福谁会"走"在谁的前头呢？

这是一件重大的事情。

的确是一件十分重大的事情啊！

如果老奶奶走在尤素福的头里，那以后的事情怎么办？尤素福怎么办？谁来照顾他呢？这是多么叫人头疼的事情呀！

老奶奶自己的心里只有一个坚定的信念：活着！有时候，老奶奶打算找个没有人的地方，美美地哭上一场，她伤心自己的身子怎么一天不如一天了，肉身一天比一天力不从心了，但是她不敢有一丝一毫的松懈，要狠劲地挺着。她常常想，只要我不要忘记真主，真主就不会忘记我，就会慈悯给我一个全美而平安的身子，叫我把尤素福先照顾着。每当她用汤瓶里的细小的犹如泉眼般流淌出来的净水洗着自己的时候，便希望这水能洗上自己的心和脑子，把自己的心和脑子也一丝一丝地洗涤干净，好让自己远离人间的浑浊、远离杂乱的意念，一点一点变得纯粹和清明起来。这样，她就可以一心一意地活下来照顾尤素福了。

但是，老奶奶非常平静地想到自己肯定是要走的，然而走掉后尤素福怎么办？被野狗吃了也说不定。她希望在走之前，尤素福能先她而去。这样想的时候，她就显得极其纠结、极其悲伤，觉得自己真是太残忍了呐，竟然一次次诅咒自己的儿子早早地死去。于是她便伤心绝望地哭泣起来。她哭泣的时候还得背过尤素福，不能叫尤素福看见，看见了害怕会对他造成精神上的压力和刺激。

老奶奶希望一切重担都由她一个人来扛着。

关键是，尤素福偏偏不死。他到世上似乎就是为了折磨老奶奶和考验老奶奶的心来的。所以越到后头，尤素福的毛病就越多。有时候老奶奶给他喂饭，他却挑三拣四不好好吃。老奶奶忍不住会唠叨上两句，然而他却就不肯吃了，开始绝食，害得老奶奶像对付一个两三岁的小孩儿似的哄着，等她左劝右劝使他有了要吃的意思时，可是突然由于别人一个微小的令他不悦的眼神，他立时就又铁一样硬着脸皮，耍着脾气，仿佛把他要气死了。他变得脆弱而又敏感，极其敏感，他猜测、疑神疑鬼——似乎妈妈给他所做的一切都是伪装出来的，都是故意做给别人看的。他觉得妈妈已经对他失去了耐性，对他有些不耐烦了，好像渴盼他早点死掉。他常常自以为从妈妈的眼睛里读到了不洁的东西，但一会儿又觉得都是自己的不好。"再也不能这样下去了！"他的脑海一再掠过这样的念头，显得极其忧伤，那一刻他觉得连天空都是灰色的。尤素福越是这么想，他的一些行为就越是显得怪诞和不可理喻。

老奶奶看到尤素福这样摧残自己，心里像钝刀子割一样难受。她也难以向任何人开口说一句"帮帮忙吧"之类的话。她只有真主，她可以在真主那里不停地祈祷。每当祈祷的时候，老奶奶总是满怀着恳求、顺从和感激之情。她坐在尤素福的轮椅旁边，静静地，凝望着天空。

当夜幕降临的时候，老奶奶推着轮椅来到一棵能遮风挡雨的大树底下。月光从树梢和密叶的缝隙间洒下来，打在古色古香的铜汤瓶上，汤瓶一侧的表面就跟一枚铜镜一样，映出老奶奶万古沧桑般的脸。老奶奶一动不动静静地审视着。突然，她发现汤瓶上有一颗硕大无比的月亮，她盯着那颗月亮，脸色慈悲，叹了一口气。一会儿，汤瓶上的月亮里出现了一位漂亮矜持的妇女，推着轮椅行走在天上，她惊愕地看见那轮椅上的孩子就是尤素福。"一定是我的无辜的尤素福，是我那没有罪孽的尤素福，一定是的！"她情不自禁地在心里喊了一声：真主啊！她想，她将严守这个秘密，直到永远。夜深了，她倚着轮椅和轮椅上的儿子一道睡熟了。月光在为他们歌唱，并照彻了他们清凉的睡梦和故事。

尤素福更加不消停，有几次他竟从轮椅上故意翻落下来，在地上滚来滚去，老奶奶费尽周折才把他重新扶到轮椅上去，可是他依然一声不吭地抗拒着，直到把妈妈折磨得筋疲力尽，他才满意而狡黠地望着披头散发跪在地上抹泪的妈妈。尤素福似乎在心里冷酷而快活地笑着。还有几次，他滚下轮椅像狗一样爬着吃地上的土、用脚指头捡着吃地上的废纸片。他的力气突然变得异常之大，老奶奶拦也拦不住。更让老奶奶无可奈何的是，一次儿子有意滚进路边一个极其肮脏的垃圾坑里，赖皮似的睡在那儿，老奶奶拉他，他却死命地滚来滚去不肯起来。这一次，害得老奶奶洗了三天三夜，才算洗净了尤素福浑身的污浊和难闻的气味儿。

尤素福一次比一次变本加厉地折磨老奶奶。

"两镢头砸死算了！"有路边走过的人说。

人们已经越来越憎恶和讨厌这个尤素福了。以前的同情和怜悯变成了讨厌和厌恶。人们希望尤素福安分一点，不要无缘无故怨愤和不平。这个世界不允许有怨愤和不平。"什么东西！"连曾对他施舍有加的那个伊斯玛乃，也开始有些厌烦他了，走在街上尽量躲避着他。"学得好好的尤素福，再不要这样下去了，这样下去是没有什么好果子吃的！"那些看不惯的人在心里再三告诫说。当然，也有人把问题看在老奶奶的身上，觉得老奶奶一定是唠叨和虐待了儿子。

还有一些人，觉得尤素福无可救药了，想着让饥饿来好好教训教训他吧，让他两三天不要吃一点点东西，看他还再有力气折磨人。

但是老奶奶拒绝了人们的好意。

人们见老奶奶不顺从他们的意思，便有意要让这娘儿俩吃许许多多的苦头。首先娘儿两个越来越乞讨不上什么了，他们不仅连肚子也填不饱，甚至大家也不给他们俩任何的帮助。

老奶奶推着尤素福缓缓地走在大街上，人们不屑地从他们身边走过去，或者唯恐避之不及，只有挂在轮椅后面的红铜汤瓶，依旧单调而忧愁地敲打在钢筋焊接的靠背上，发出单调的冰冷的响声。他们也不敢再往人多的地方去了，心里突然涌起一种模糊的对这世界的恐惧。老奶奶害怕陌生的面孔，害怕素不相识的人斥骂和疑虑的眼光，害怕街头的小混混及白天装成残疾人乞讨，夜间出没的窃贼。有时候，小混混和专门以乞讨为生的懒汉们动不动就搜娘儿俩的身，把他们洗劫一空。他们见了这样的人便常常本能地躲进巷子或某个阴暗的角落里面，一声不吭地藏起来。老奶奶跪在轮椅的前面，身子趴下紧紧地护住尤素福，跟一堆破烂布似的轻轻地盖在轮椅和儿子的上面。

冬天来了，人们见了老奶奶和尤素福娘儿两个战战兢兢转悠在西海固的大街上，都担心他们过不了这个冬天了！老奶奶推着尤素福迷迷糊糊走着，脚步变得虚飘，一如深秋即将凋零的树叶那样，似乎一阵微风就会把他们轻轻地吹走了；尤素福的脑袋耷拉在轮椅的扶手帮子上，上下颠簸着，仿佛一具冰凉的僵尸。老奶奶现在只有托靠真主这一线希望了。她推着尤素福坐在某个角落里，一动也不动，眼前时不时会闪烁起一大片晶莹发亮的油花和冒出莫名其妙的小金星。她感到阵阵眩晕，累得脚步都有些挪不动了。

不过他们还是出发了。

老奶奶奇迹般地推着尤素福走过长长的大街。

刺骨的寒风老牛一样号叫着，刮得整个西部好似一张牛皮纸哗哗声响。

老奶奶推着尤素福慢慢地走着，很费力地一前一后挪动两条麻秆一样的又干又细的、好像不用磕碰就会折断似的腿。她的神智已经似乎有些不大清楚了，不时地伏在轮椅的后面铁栏杆上歇息上几分钟。她昏昏沉沉，头重脚轻，心里感到无法诉说的凄怆。她只有一个念头：自己一定不能无常在尤素福的前头。

他们就这样狠命地走着，走着……老奶奶推着尤素福居然在西海固的大街又上度过了一个漫长的冬天。

树木又开始发芽了！

老奶奶和尤素福一直熬到春暖花开。天气也一天天好转。她和尤素福仿佛刚刚冬眠结束的蛇一样慢慢醒转过来，有点脱胎换骨般的样子。娘儿两个竟然变得似乎跟很久很久以前一样了，人生仿佛又回到了起点。

人们觉得这简直是个奇迹！

于是，大家便开始对老奶奶和尤素福多了几分同情，给他们施舍的人逐渐又多了起来。

有一段时间，老奶奶和尤素福两个竟然一度消失了。人们觉得老奶奶一定是无常了。

可是又过了一段时间，老奶奶那熟悉而又单薄得像一枚树叶样就要飘起来的身影又神秘地出现在西海固的大街上。她自然而然地推着尤素福前进。她的脸上仿佛掉了一层皮，换上了新的颜色，显得精神和容光焕发。尤素福在那历经沧桑的轮椅上，微微合着眼睛，仿佛在闭目养神，面孔上还带着一丝淡淡的微笑。他想扭过头看一眼妈妈，但接着又慵懒地闭上了眼睛，突然一股平静的清泪从他的眼角缓缓地流了下来。

有人喊：

"尤素福，快别哭了！"

"瞧把你给伤心的！"

那个已经进入了薄暮之年的伊斯玛乃走过来拨了尤素福一把。

尤素福却一下子从轮椅上滚落下来，脑袋戳在地上磕开了一个小孔，血鲜红鲜红汩汩地流着。

人们帮老奶奶把尤素福扶起来，却不见有半点声气，手也一丝丝凉了。

伊斯玛乃慢慢地说："他已经无常了！"

尤素福走后，老奶奶就回了家，虔诚地给自己换了一个洁净的大水。然后，就静静地等着。老奶奶先是所有的牙齿掉得没有留下一个，然后掉尽了头上的全部头发；接着聋了耳朵、花了眼，人站在她身边她都听不见也看不见。老奶奶试探地放松自己，突然觉得全身仿佛散了架，一下子好像所有的疾病的症状都同时涌现出来。老奶奶很想能望一望闲闲地弃置在房子后面那个黑暗角落里的轮椅，可是她什么也看不见。但她知道轮椅上已经空荡荡的了，而那只供他们一生一世用来净身的红铜汤瓶，一定静静地挂在轮椅的后面。过去那习以为常的一幕从她的脑海里淡淡地掠过：一股细微的风从汤瓶内朝出倒水的那个指头般粗的小嘴里吹进去，发出空幻般的声音，就像一曲伊斯兰古歌，一遍又一遍涤荡着人的心灵。

一个星期后，老奶奶走了！

**图书在版编目（CIP）数据**

嘉依娜 / 了一容著 . -- 北京：作家出版社，2018. 10
（文学宁夏丛书）
ISBN 978-7-5212-0188-8

Ⅰ . ①嘉… Ⅱ . ①了… Ⅲ . ①中篇小说 - 小说集 - 中国
- 当代 ②短篇小说 - 小说集 - 中国 - 当代 Ⅳ . ①I247.7

中国版本图书馆 CIP 数据核字（2018）第 198074 号

**嘉依娜**

作　　者：了一容
责任编辑：丁文梅
装帧设计：意匠文化·丁奔亮
出版发行：作家出版社
社　　址：北京农展馆南里 10 号　　　　邮　　编：100125
电话传真：86-10-65930756（出版发行部）
　　　　　86-10-65004079（总编室）
　　　　　86-10-65015116（邮购部）
E-mail:zuojia@zuojia.net.cn
http://www.haozuojia.com（作家在线）
印　　刷：北京玺诚印务有限公司
成品尺寸：152×230
字　　数：155 千
印　　张：13.75
版　　次：2018 年 10 月第 1 版
印　　次：2018 年 10 月第 1 次印刷
ISBN 978-7-5212-0188-8
定　　价：28.00 元

# "文学宁夏"丛书书目

| | | |
|---|---|---|
| 《眼欢喜》 | 石舒清 | 著 |
| 《我们心中的雪》 | 郭文斌 | 著 |
| 《行行重行行》 | 季栋梁 | 著 |
| 《父亲与驼》 | 漠　月 | 著 |
| 《一条鱼的战争》 | 金　瓯 | 著 |
| 《换骨》 | 李进祥 | 著 |
| 《蛇吻》 | 张学东 | 著 |
| 《嘉依娜》 | 了一容 | 著 |
| 《头戴刺玫花的男人》 | 马金莲 | 著 |
| 《核桃里的歌声》 | 阿　舍 | 著 |
| 《稻草人》 | 赵　华 | 著 |
| 《塔海之望》 | 杨　梓 | 著 |
| 《西域诗篇》 | 杨森君 | 著 |
| 《篝火人间》 | 单永珍 | 著 |
| 《山歌行》 | 马占祥 | 著 |
| 《知秋集》 | 钟正平 | 著 |
| 《在一座大山的下面》 | 梦　也 | 著 |
| 《守护风沙中的一盏灯》 | 郎　伟 | 著 |
| 《张贤亮的文学世界》 | 白　草 | 著 |
| 《话语构建与现象批判》 | 牛学智 | 著 |